Joyce Mansour

NUR BESESSENE
SCHWÄNZEN DAS GRAB

Aus dem Französischen von Lisa Spalt
Mit Zeichnungen von Sabine Marte

GEGRÜNDET
1999

Joyce Mansour

NUR BESESSENE SCHWÄNZEN DAS GRAB

*Aus dem Französischen
von Lisa Spalt*

*Mit Zeichnungen
von Sabine Marte*

Czernin Verlag, Wien

Gedruckt mit Unterstützung der Stadt Wien, Kultur,
des Landes Oberösterreich und des Landes Vorarlberg

Vorarlberg unser Land

Mansour, Joyce: Nur Besessene schwänzen das Grab / Joyce Mansour
Wien: Czernin Verlag 2024
ISBN: 978-3-7076-0852-6

© 2024 Czernin Verlags GmbH, Wien
Übersetzung: Lisa Spalt
Zeichnungen: Sabine Marte
Umschlaggestaltung und Satz: Mirjam Riepl
Coverabbildung: Sabine Marte
Druck: Finidr, Český Těšín
ISBN Print: 978-3-7076-0852-6

Alle Rechte vorbehalten, auch das der auszugsweisen Wiedergabe
in Print- oder elektronischen Medien

Für André Breton

1.
Maria oder die Ehre zu dienen

Im Anfang, als Gott in einem Erdloch wohnte und sein Zwillingsbruder im Himmel schlief, als das Universum formlos und leer war, lebten nur noch ein paar Reste der Menschheit am Grunde der vom schöpferischen Denken vernebelten Tiefen, und zwar in einem nordafrikanischen Hotel mit Blick aufs Meer.

Maria hielt ihre Schamlippen im Zaum und ließ die Waffen ihres Geschlechts schweigen, um die Straße beobachten zu können. Die Ellbogen auf das Balkongeländer gestützt, verbrachte sie ihr Leben zwischen ihrem Großvater Jeremia und ihrer Schwester Anna, die so zusammenhangslos und ebenso aufreizend war wie ein Fisch im Einmachglas. Maria, Gefangene endlosen Wartens, sprach wenig. Ihr plumper Mund lächelte die Welt an, und die Welt reckte gierig den Hals, um sie besser sehen zu können. Für die Nachbarn war sie faszinierender als eine Leiche.

Jeremia schloss die Fensterläden seines Herzens und hängte eine Wetterfahne in die Wunde, die seine Stirn zierte. So bewegte sich der Wind in der Mitte seines Gesichts, wischte die Traurigkeit weg und brachte die Falten durcheinander. »Zirkus«, sagte Anna verächtlich.

Auf der Straße stahl sich die Menge, aller Verpflichtungen ledig, ins Weideland der Gehsteige. Ein Mann kam majestätisch einher. Er saß zusammengesunken auf dem Rücken eines Kamels und drehte ein schwarzes Auge im schlammigen Moor seiner Augenhöhle. Mächtig spürten alle Frauen, die sich hinter den warmen Fensterläden versteckten, seine Gegenwart.

Auf seiner Stirn leuchtete das Wappen der Unendlichkeit wie eine Blume aus Fleisch.

Maria erkannte den intensiven Geruch, der von ihm ausströmte, und schickte einen Polizeischeinwerferblick über die Menge. Sie umklammerte die Balustrade, schmiedeeiserne Rosetten stigmatisierten ihre Handflächen. Sie hatte verstanden, dass die Bestie, die in diesem Mann verborgen war, die Erde aus ihrem Bauch fressen würde. Ihre vier Gliedmaßen, jeglicher Beherrschung beraubt, versanken in einem Wirbel aus süßer Gischt. Purpurrot vor ungestreutem Blütenstaub lachte sie auf und verleugnete ihre Menopause.

Jeremia betrachtete die kühlen Wangen des Mondes. Eine unbekannte Freude ließ noch die kleinsten Krümel seiner Hängebacken zittern. Maria bewegte sich mit der Geschmeidigkeit einer allerletzten Ölung. Sie schob das Getöse der Rhododendren beiseite, welche die Aussicht verschönerten, und rief, alle Kraft zusammennehmend, den Mann auf dem immer langsamer werdenden Kamel. Er hob den Kopf, seine schrägen Augen zeigten keine Beunruhigung; er war ein Mörder.

Das Kamel ließ aus seinem langen Rohr, das seinen Gedanken nachhing, die Essenz der verdauten Mahlzeit hervorsprudeln. Der Fluss, exakt eingepasst ins Gebirge, käute seine Ufer wieder. Die Luft roch nach Regen. »Nichts geht mehr«, brüllte Anna und zeigte der Straße, die zum Meer hin rollte, ihre Scham, die Schweißperlen darauf, und weiße Kondore, ausgestattet wie Yachten, warfen Sonden in das jubilierende Wasser der Wellen.

Gegenüber dem Hotel der Nordafrikaner gab es eine Trinkhalle, schlecht geführt und wenig bekannt. Sie war mit Liegestühlen und Fässern ausgestattet. Der Dreck lastete schwer auf dem Boden, ohne dass ihn jemand aufgewirbelt hätte, und die Wirtin döste neben der Kasse, die Hände im Schoß aneinandergepresst.

Der Mörder trank seinen Wein, drängte den Hosenstall, den der Wind aufgebläht hatte, an seinen Platz zurück und steckte einen Daumen in den Mund des Dienstmädchens. Es juckte ihn, ein letztes Verbrechen zu begehen. »Frei zu trinken, nicht zu lieben, das Universum wie ein faules Ei in der Hosentasche zu drehen, frei, zur letzten Dezimalstelle der Geschlechterfrage vorzudringen, langweile ich mich.« Er neckte die Kellnerin: »Wie viel Wein braucht man, um einen Sarg zu füllen?« Die Kellnerin wischte sich die Hände an der Schürze ab, strich ihre Glatze platt und antwortete: »Einen Schluck.« Der Mörder lächelte, stand auf und ging, seinen widerspenstigen Penis hinter sich herziehend, über die Straße. »Wenn die Geschwindigkeit meines Überdrusses den toten Punkt erreicht, werde ich mich selbst anzeigen und man wird mich hängen!« Überwältigt von seinem eigenen Leichtsinn sah er auf und erblickte Maria, eingerahmt von den roten Blumen und dem Schmiedeeisen des Hotelbalkons. Er stellte sich vor, wie sich die aufmüpfigen Brüste zwischen seinen Fingern bewegten. Der runde Schädel der Frau schien wie geschaffen dafür, sich in seinen Bauch zu schmiegen, und es kam ihm vor, als nähme ihn ihre Hand auf den Arm.

Der Wind tanzte gackernd auf Jeremias Stirn, Anna summte vor sich hin, und Marias grausamer Mund stammelte Engstirnigkeiten. Da legte sich der Mörder demütig auf den Bürgersteig und ließ die Menge über seinen Körper hinwegziehen. Er war in Marias Haar verliebt, und die zarte Kugel seiner Begierde drehte sich wie eine Sonne um sich selbst. »Ich werde das Geländer zwischen ihr und der Welt sein«, murmelte er und reservierte sich ein Zimmer im Hotel der Nordafrikaner. Er war sentimental.

Am Montag ging Maria zum Baden. Das Meer war sanft auf ihrer Haut und die Wellen krönten ihren Rotschopf mit Schaum. Eine Woche war vergangen, ohne dass der Mörder wieder aufgetaucht wäre, sehr zu Jeremias Enttäuschung, der Liebeshändel liebte; eine Woche des Sehnens, der langsamen, leichten Gesten, der Mahlzeiten, die man an der Sonne einnimmt.

Maria, deren Anzug wie eine Meduse um ihre Taille flatterte, ließ sich von den grünen Hügeln des Wassers wiegen; sie beschwor vor ihrem inneren Auge das Lächeln des Mörders, um erneut Wollust daraus zu ziehen. Die Küste war fern, unter den Wellen wogte, für wenige Momente sichtbar, eine Ewigkeit von Algen. »Die Existenz beginnt in jedem Augenblick«, sagte sich Maria und hatte plötzlich Angst vor der gurgelnden Weite. Sie fühlte sich zur Säule versteinert. Die Sonne wärmte nicht mehr; das Meer, mit einem Mal träge geworden, schien faul von schwärmenden Fischen. »Ich bin alt«, murmelte sie und fröstelte.

Der Mörder saß in der Badehose am Strand. Sein Teleskop in der Hand, entdeckte er Maria durch einen glücklichen Zufall und sprang in ein Mietboot. Mit ausladenden Bewegungen ruderte er heran, die Augen hervorquellend vor Vergnügen, sein Mund übergehend von animalischem Plätschern, eine schwere Schlange hing schwarz aus seinem Bauchnabel. Maria dachte, er wäre von Gott gesandt. »Ich ertrinke«, gurgelte sie. Der Mörder sprang ins Wasser und antwortete traurig: »Du bist mein Schatten und mein Licht. Auf uns beide!« – »Ich ertrinke«, heulte Maria. Ihre einzigartige Seele klammerte sich an ihre unermessliche Angst. Sie trieb zwischen zwei Wassern, ihre Glieder waren schwach, sie hatte sich mit ihrem vorzeitigen Tod abgefunden. »Ich ertrinke«, wiederholte sie in Richtung der Mörderhände, die wie Krabben über ihren Körper wanderten. »Ich werde dich töten«, sagte der Mörder, denn die Brüste der Frau richteten sich unter seinen Fingern auf. Eine Hand glitt ihren Oberschenkel entlang, und Maria tanzte Walzer im Wasser wie eine dressierte Maus. Sie biss in die von geweiteten Poren gepunktete Nase, presste ihr Knie in den nachgiebigen Bauch, rief um Hilfe, dann versank sie unter den Augen des Mörders in grausamer Wollust. Ihr Geschlecht erleuchtete den Treibsand, in dem schnurrbärtige Absonderlichkeiten zitterten. Erst stöhnte sie nur, dann erhob sich ihre Stimme. Der Mörder öffnete seine Lippen zu einem Siegerlächeln, und ihre Körper teilten ihre Glut mit den reptilienartigen Runzeln der Fluten. »Ich will nicht sterben, ich gebe dir mein Leben, aber hab Gnade, nimm es mir heute noch nicht«, sagte Maria zu den Mörderbrustwarzen. Wie eine Nacktschnecke rutschte ihr die Zunge aus dem Mund. Der Mann ließ den Hals los, den er quetschte, und überlegte. »Du wirst bei mir in meinem Zimmer am Hafen leben, du wirst mir dienen, und eines Tages werde ich dich töten.« – »Alles klar«, sagte Maria, und das Meer, das schon begonnen hatte zu zweifeln, hörte es.

»Rette dich, wenn du kannst«, sagte der Mörder, als er in seinen Kahn sprang, und entfernte sich unter albernem Kichern. Maria schluckte Wasser und bekam keine Luft. Ihre Füße schmerzten, so sehr versuchten sie, festen Boden zu erreichen. »Das Meer ist eine monströse Tötungsmaschine«, sagte sie zu sich. Dann verschwamm auch sie, denn ihr Herz brach. »Ich lebe«, sagte sie – und schluckte.

Maria stand am Fenster und bewunderte die Stadt: abstrakte Markierungen, vom Nordwind überrannte Leerstellen, kleine, von immateriellen Verteidigungslinien aufgeplusterte Straßen und in der Ferne der Rauch einer anderen, ebenso schäbigen, unter den Sturmböen ebenso nachgiebigen Ansammlung von Häusern. »All diese Städte, all diese Menschen, dieses Weltmeer der Langeweile.« Sie wusste, dass sie die Höllenbrut niemals kleinkriegen würde. Sie, die Dienerin des Mörders, war dem Rudel unterworfen und dieses dem Mond, der die Sonne umkreiste – dieselbe Sonne, die sich jeden Morgen in ruckartigen Fluten über das Bett ergoss und wie ein falscher Bruder den Mörder weckte ... Maria entfernte sich vom Fenster, schwerfällig vom ewigen Wundverband der unfruchtbaren Frauen. Ein Blutschauer durchlief die Zellwände ihres Schambereichs, und ein Papagei betrat verstohlen das Zimmer. »Der Mörder wird bald zurück sein. Unter seinem Arm wird ein blutbeflecktes Bündel klemmen. Er wird mir sagen, dass es eine Kinderkeule ist. Ich werde sie kochen, wir werden davon essen. Gott, mach, dass es Lamm ist!« Sie schimpfte mit dem Papagei, der dabei war, sich in eine sehr schlechte Nachahmung eines galoppierenden Pferdes hineinzusteigern. Dann setzte sie sich und ließ ihre blauen Augen durch das Zimmer schweifen. Es war ein ärmlich ausgestatteter Raum mit heruntergekommenen Erinnerungsstücken. Die Möbel gerieten außer sich, wenn man das Gas abstellte, und die Risse der Wände lächelten jedes Mal mehr, wenn man die Tür zuknallte.

Maria zerbrach ihren krallenbewehrten Spiegel. Sie meinte die blitzende Falle ihres Todes quietschen zu hören.

Hinter der lackierten Tür befand sich die Treppe. Eine bunte Mischung schlecht gekleideter Leute wimmelte auf den Stufen. Mit jedem Atemzug des Windes wehte die zusammengestoppelte Musik der gequälten Seelen hinauf und hinunter. Es gab Wasserträger, die immer noch zwischen den Wänden einer imaginären Wüste festsaßen, Fahrende, die auf Holzfeuern kochten, alte Frauen, die vor riesigen Bockbierkrügen hockten, und mysteriöse Figuren, die auf einem Bein standen und auf das Aufschließen der Toiletten warteten.

Maria, angesteckt von der düsteren Atmosphäre im Hotel, dachte nicht daran, wegzulaufen. Sie diente dem Mörder und wartete ängstlich darauf, dass er sich ihrer annehmen würde. Mit der Neugierde halb verschütteter Opfer dachte sie an ihren bevorstehenden Tod. Sie war unfähig zu fliehen, weil sie fürchtete, wieder eingefangen zu werden.

Die Sonne versteckte sich. Die Grenzen der Stadt tanzten, vom Nebel verwischt, in der trüben Luft des frühen Morgens.

Jeremia und Anna stolperten weinend zwischen den Gräbern auf dem Friedhof herum, der windgepeitscht von der Klippe jäh zum Meer hinabfiel. Sie schoben eine Schubkarre mit Gebeinen vor sich her und suchten nach Maria.

»Hier ist ein Schienbein, das dem ihren ähnlichsieht!«, brüllte Anna und schwenkte einen Knochen. »Wir haben mehrere Schienbeine in der Schubkarre«, erwiderte Jeremia, »lass es.« Er putzte sich die Nase. Sie blieben vor einem Sarg stehen, der die Zähne fletschte, und Jeremia befreite den Leichnam aus seiner erdigen Hülle. Das Gras, diese Frisur der Toten, sah öliger aus als zuvor; ein Käuzchen weinte. Die Vögel haben allgemein wenig Humor.

Sie musterten das verschlossene Gesicht der Verstorbenen. »Das ist sie«, seufzte Anna und strich über das spärliche Haar, das noch feucht war von Stille und Tod. Die Verstorbene schien sich an Jeremias Ärmel klammern zu wollen, der aber ließ sich nichts gefallen. Er warf sie zurück in die Tiefe ihres Sarges und kippte alles zusammen auf die Felsen hinunter. Das Meer öffnete sein grobes, schäumendes Maul und lutschte. Es lutschte an den Wrackteilen und zeigte dabei die goldbraunen Algen, die sich um sein Zahnfleisch wanden. »Wie Hämorrhoiden«, sagte Anna angewidert. – »Beeil dich. Mit all den Knochen werden wir noch wegen Schmuggels verhaftet«, murrte Jeremia, »versteck ein paar unter deinem Rock!« Eilig verließen sie den Friedhof. Anna biss auf dem Weg ein Auge auf. Keine Flüssigkeit der Welt konnte ihr Angst einflößen.

In seinem Zimmer angekommen, nahm Jeremia, der die Füße in einem Senfbad wärmte, seinen Schmerz eines unverstandenen alten Mannes mit der sanften Geduld des Kränklichen unter die Lupe.

Zwischen dem chinesischen Paravent und dem Waschtisch der Gesetzeswidrigkeit stillte in einem anderen Zimmer in einem anderen Stockwerk der Mörder seine Rachegelüste an Marias blankgezogenem Rücken.

Anna, ihrerseits, strickte.

Jeden Abend, wenn Maria eingeschlafen war, fand sie in der Jungfräulichkeit ihres Geistes zu ihrem Traum zurück. Es schien ihr, als würde sie nackt durch den Wind laufen und ihre Geheimnisse in das Gold des Stechginsters säen, schwerer an Gefühl als das stehende Wasser der Lagunen und einsamer noch als ein Kondor. Vögel sangen, und Maria wölbte ihren Rücken, um ihre Lust zu steigern. Während ihre Fantasie von den letzten Flammen der Scham geleckt wurde, gab sie sich völlig hin. Sie sah, wie sich die Straße, bar allen Zements, in den großen Wasserkocher der Stadt hinunterstürzte. Mit den Fingerspitzen berührte sie, zitternd vor Wohlbehagen, unter dem Mond ihre feuchte, weiche Haut. Sie watete durch den Sand, den Nebel, den Sumpf, den Himmel. Straßenlaternen trieben zwischen Wolken, die wie Brote gebuttert waren, Schafe tankten an allen vier Ecken des Feldes, und Maria, deren Hintern mit Gänseblümchen beschmutzt und deren Augen von Tränen gesäumt waren, saugte an einem Glück, das mit plissiertem rosa Papier verziert war.

Am Morgen, wenn die starken, haarigen Hände des Mörders ihr die Bettlaken wegrissen, um sie zu erniedrigen, hütete sich Maria, die Augenlider zu heben; denn in der Stille ihrer erloschenen Pupillen lag noch für Augenblicke das Echo eines merkwürdigen Verlangens.

Der Mörder, aufgedunsen vom Schlaf, spiegelte sich im brackigen Wasser: »Eines Tages unternehme ich eine sehr genaue Untersuchung meines Bartes. In der ganzen Christenheit gibt es nicht zwei Bärte, die sich gleichen. Niemand zweifelt an seiner Existenz, und doch sieht man ihn nie, diesen dichten, angegrauten Busch. Ein Bart, das ist das Böse, ein abstrakter Begriff für alles, was unaufhörlich sprießt, ohne in Erscheinung zu treten, und das oft etwas sehr Süßes verbirgt.« Er machte ein paar Übungen, um die Rädchen in seinem Brustkorb zu ölen. Dann riss er die Frau aus der passiven Empfänglichkeit ihres Bettes. »Lass uns Krocket spielen«, sagte er zu ihr.

Ganze Tage lang jagte der Mörder Maria zwischen den Wänden des Schlafzimmers umher, die wie ein Zebra gestreift waren. Geknebelt, zitternd, das Geschlechtsteil wie eine überreife Birne angeschwollen, heulte sie vor Freude und Schmerz. Wenn sie auf allen vieren kroch, folgte er ihr, selig vor Bewunderung, sprachlos angesichts ihres geschminkten Hinterns, der wie von Sinnen schielte. Er befestigte ein Kaninchen zwischen ihren Schenkeln, wenn sie, für die Zeremonie der Hauptmahlzeit angezogen, in den Gemeinschaftsraum hinunterging. »Du wirst mich nicht betrügen«, sagte er lachend. Das Kaninchen ließ keine Gelegenheit aus, sie bis aufs Blut zu kratzen. »Ich hasse diesen Aufzug«, sagte sie am ersten Tag zu ihm. »Zum Teufel«, antwortete er, und die Hoteluhr hickste die Stunde. Nach einigen Tagen gab sie auf.

Während des Essens wich der Mund des Mörders nicht vom Ohr seines Opfers. »Bald werde ich dich töten. Ich werde dich ganz langsam erwürgen, und wenn ich dein Leben aus deinem Mund hervorquellen sehe, aus diesem kleinen Mund in Form einer Spule, beiße ich zu.« Maria wusste, dass sie Gefahr lief, den Verstand zu verlieren. Sie wollte die ganze Bitterkeit ihres Martyriums erleben, sie ging dem Mörder im Dienst an seinem Kult voraus, und wenn sie an der Schwelle zum Fegefeuer vor lauter Perversität trotzig wurde, dann deshalb, weil sie für ihr Fleisch keine Gnade kannte.

Sie hatten die verbotene Zone jenseits der gesellschaftlich erlaubten Beziehungen betreten, und die Nacht des allerletzten Gemetzels öffnete sich wie eine Wunde vor ihnen.

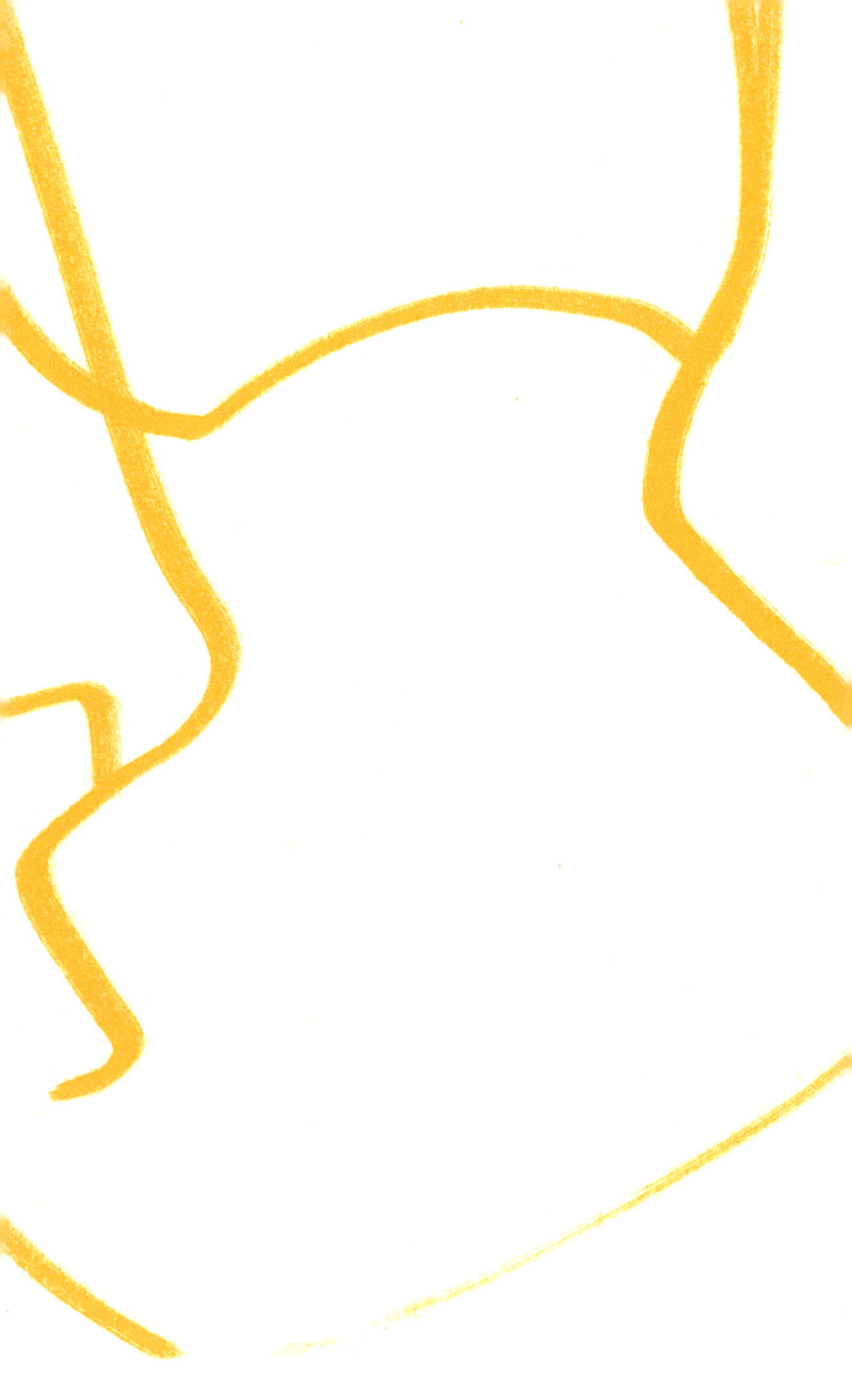

»Der Mond ist voll«, sagte Maria eines Abends. Sie starrte ihn durch die Ringe einer Schildpattbrille an, während sie mit Gebeten gurgelte. Der Mörder konnte sich vor Lachen nicht mehr halten. »Schwanger, bei Satan! Die geheiligte Hure, von einem Blitz verkehrtherum befruchtet! Lasst uns die Krater dieser göttlichen Gebärmutter erforschen, folgen wir der Spur des Spermas!« Er stellte sich ans Fenster, die Pupillen am Ende ihrer Federn, die Irisse unergründlich. Das Gestirn goss einen Quecksilberpanzer über den Mann. »Du sollst nicht das Haus deines Nachbarn begehren«, sagte Maria in schauerlichem Flüsterton; mit einem Gürtel peitschte sie die Möbel aus, um die bösen Geister zu vertreiben. – »An die Kochtöpfe«, brüllte der Mann, »stricke mir einen Kuchen. Misch dich niemals in meine Wahnvorstellungen, unreine Frau.« Also warf Maria ihre Peitsche weg und ging, um in einer Vase ein paar Ziegenhoden zu arrangieren, die faltig und rosa waren wie die Hälse alter Leute. »Schade, dass die Stiele so kurz sind«, sagte sie, aber der Mörder, der in wenigen Mondaugenblicken die Grenzen der Menschenwelt überschritten hatte, antwortete nicht.

Wollüstig räkelte sich das Meer unter dem spöttischen Licht des Gestirns und schluckte allen Müll der Welt, ohne darüber nachzudenken.

Der Mörder langweilte sich nie mehr, seine Einbildungskraft arbeitete pausenlos und mit der dämonischen Präzision einer Schweizer Uhr. Er sagte jedem, der es hören wollte: »Warum sollte ich nicht meine Memoiren schreiben? Ich habe eine solide und respektable Familie, eine gute Gesundheit, einige Ideen und bin gebildet. Ich bin ein einzigartiger Mensch.« Er war überglücklich.

Maria, die am Ende des Bettes kauerte, wartete, gespannt wie ein Kanarienvogel, darauf, dass der Mörder sie tötete. Mit leerem Magen war er am gefährlichsten. Noch in die Kurven der Frau geschmiegt, hörte er ihren Bauch leerlaufen wie ein Flugzeug beim Start, und er wollte töten, wollte seine Hände in die rotierenden Eingeweide stecken, die wie Enthauptete kreischten; er hatte das dringende Bedürfnis, seinen Penis unter dem Gewicht einer blutigen Hand zu krümmen; mit offenen Augen träumte er davon, seine Geliebte Glied für Glied in Stücke zu reißen; manchmal brachte ihn das zum Orgasmus. Zum Glück für sie war er faul. Außerdem beeindruckte sie den Grobian, wenn sie sich ins stumme Durcheinander des Zimmers mischte, indem sie sich wand wie eine Schlange, die unbemerkt bleiben möchte.

Wenn der Mörder Maria schlug, versammelte sich eine Anzahl von Nordafrikanern hinter der Tür. Einige masturbierten, wenn sie Schreie hörten; andere lauschten mit erhobenem Finger und loser Zunge. Der Stockwerkspapagei krümelte Flüche von seiner

Sitzstange herab: Als Mitglied der Heilsarmee verabscheute er Gewalt.

Samstagabends wetzte der Mörder seine Messer, und Maria sah ihm voller Entsetzen dabei zu. Er besaß zwölf Messer, elf Gabeln (eine weitere war im Krieg verloren gegangen) und eine große Schöpfkelle aus Emaille. Draußen hatten die leeren Straßen endlich aufgehört, sich zu winden, und die Nachtwächter wechselten unter den flackernden Blicken der Gaslampen die Farbe. Der Mörder erzählte gerne von seinen Heldentaten als Fleischhacker, während er den willigen Körper der Frau streichelte. Er fuhr wie ein Todesbote unter die Hungerknoten des verlängerten Rückenmarks, zwischen die Halsfalten, über die sich sträubenden Schamhaare; seine Stimme schwoll an, er war betrunken, ohne getrunken zu haben. Winde bissen in die durcheinandergeratenen Wellen, die sich auf Marias Haut kräuselten, eine wilde Meute wedelte mit der Hose des Mörders. Das Messer funkelte.

Da beschrieb der Mörder den Todeskampf des Stiers, den er am Morgen getötet hatte, und Maria erkannte sich wieder in dem Fleisch, das, alle Muskeln angespannt, am schwarzen Haken hing. Der Mann zeigte ihr mit Sabber auf den Lippen, wie er ihren vom Abkochen angeschwollenen Mund küsste; wie er sie nach ihrem Tod auf dem scharlachroten Boden des Schlachthauses nehmen und sich dann leichthin für immer aus ihrer Umklammerung lösen würde. Die Frau stellte sich vor, wie ihr unwiderruflich anonym gewordenes Fleisch mit den Ochsen, Kälbern und

Lämmern, diesen ewigen Opfern, auf einen Karren gepackt wurde. Sie stellte sich in allen Einzelheiten die sonnenbeschienene Straße vor, hörte die Räder des überquellenden Karrens und witterte das Fleisch – all das von Fliegen schmerzende Fleisch, das wie eine fettreiche Blume erblühte. Dann kämen die Metzgerei, der Metzger und die Zähne der Menge. »Ich bin eine Sünderin und die Tochter einer Sünderin, Gott habe Erbarmen mit meinem Aas«, stöhnte sie. – »Zum Teufel mit dir«, erwiderte der Mörder. Er war eifersüchtig.

Der Mann schlief, er hielt die Augen dabei unaufhörlich geöffnet, denn er wusste, dass ein Opfer, das man ansieht, ein williges Opfer ist, und Marias Schamhaftigkeit in der partiellen Einsamkeit ihres Schlafes verstärkte nur seine Schlaffheit. Er schmeichelte dem Körper seiner Beute mit rauschhafter Poesie, benannte die Gliedmaßen, erfand Dialoge zwischen ihnen und den Messern, stellte den Kampf des langsam zerteilten Fleisches nach.

Nachts, wenn bis auf das phosphoreszierende Auge des Mörders alle Lichter ausgegangen waren, streiften Tiere um das Bett herum – Bruchstücke von Tieren mit starren Augen und gleitenden Füßen. Der Halbschatten tat das Übrige dazu, dass Maria glaubte, ihre sanften Gesichter wären vor Angst verwirrt, und sie gluckte wie eine Stute. Schnauze an Schnauze litt sie mit den Mächten des Bösen, die gegen sie entfesselt worden waren. Angeschubst wie ein Kegel, fürchtete sie sich vor allem und jedem, erlebte aber auch

Momente tiefer Freude. Rein, wie sie war, wollte sie fliehen, blieb jedoch. Ihre Vogelschreie durchstießen die Decke wie Nägel, wenn der Mörder sich an ihrem Rücken brach. Tausend Unglücksgebäude, die sie um einen winzigen Gewissensbiss herum errichtete, blühten in ihrem Kopf; sie war nur noch ein Eichhörnchen ohne Mantel, das in der Falle des Winters festsaß.

Allein in ihrem Bett, das mit einem alten schwarzen Kaftan bedeckt war, schloss sie die Augen und tauchte auf der Suche nach sich selbst unruhig in einen dunklen, furchtbaren Abgrund. Ihr Gesicht aus altem, gesprungenem Porzellan reflektierte die violetten Flammen ihrer Augen, ihr Herzschlag wurde schwächer und ihr Blut verlangsamte wie ein einschlafender Wachmann seinen Gang. Wie jeder befriedigte Geist borgte sie sich gebrauchte Stimmen, ihre eigene, verfremdet und angeschwollen vor Kummer, weinte im Wind, fernab von jeglichem Willen.

Nach solchen okkulten Sitzungen versteifte Oberflächeneis die Luft, und die zusammengebrochene Maria lag lange wie eine Tote da, die Tiere der Nacht um sie herum wie Denkmäler aufgestellt. Die Stille war greifbar, schwarze Zypressen wuchsen in symmetrischem Durcheinander auf dem Teppich und Maria spürte, wie die Fäden ihrer Fantasie einer nach dem anderen rissen. »Das ist das Ende«, dachte sie, und wenn sie schon glaubte, dass alles in ihrem Schädel zerplatzen würde, der vibrierte wie ein von der Gnade berührtes Gelee, ließ sie ihren Harn laufen, und das Leben begann von Neuem.

Einmal aufgewacht, gab es keine Zypressen und keine Tiere mehr, das Zimmer war genauso verdreckt wie zuvor, und die Schwellung ihres Geschlechtsteils war etwas zurückgegangen.

»Ein Esel ist gestorben«, sagte der Mörder, der in der Sonne stand, »ich habe ihn heute Nacht brüllen hören.«

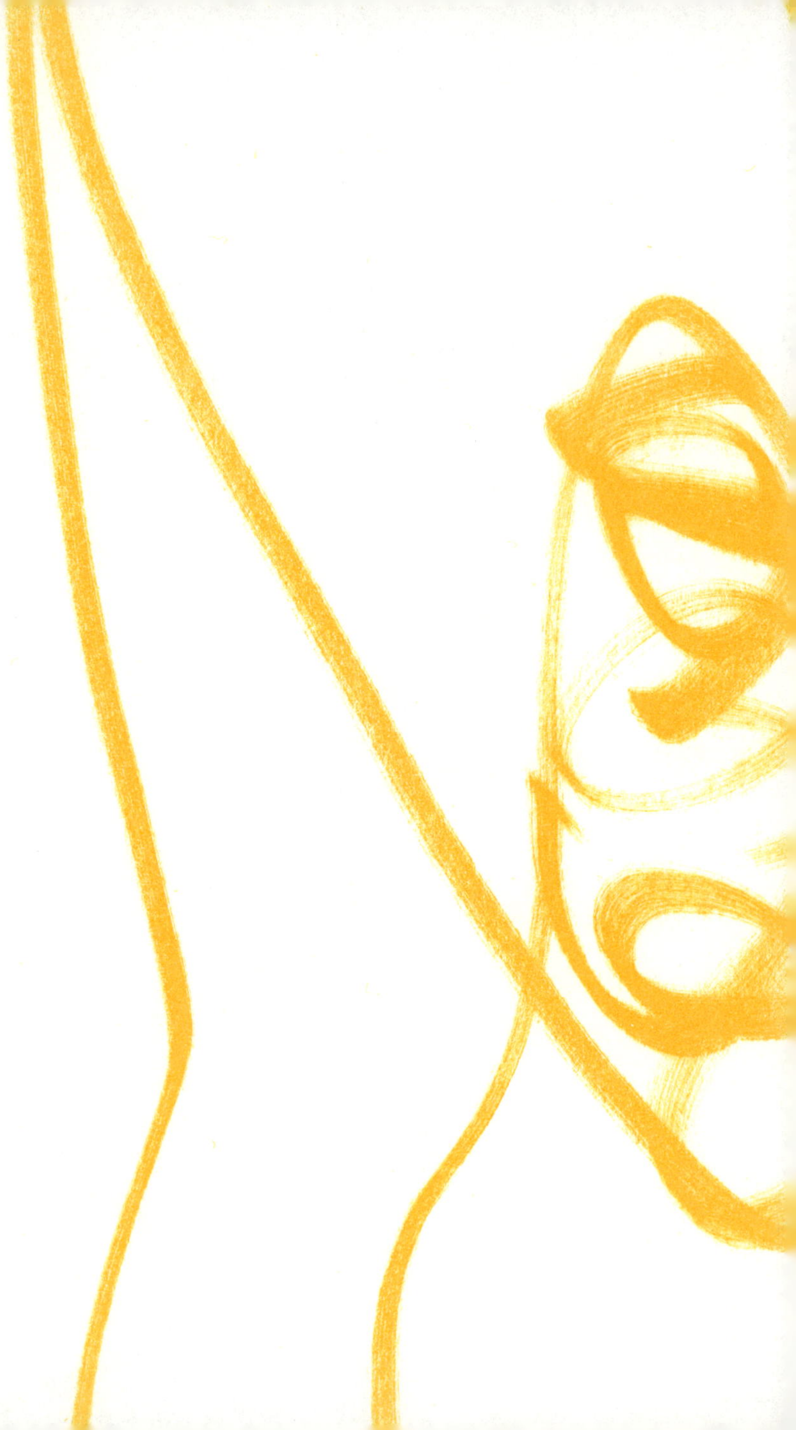

Am Sonntag ruhten die gewaltigen Raubvogelhände des Mörders. »Wir brauchen Luft, wir verkrusten«, sagte er, da er der Hitze überdrüssig war. Er riss Maria aus ihrer Benommenheit. »Steh auf. Du wirst zu meinem Vergnügen leben oder gar nicht, erinnere dich an unseren Pakt!« Die Frau erhob sich. Sie verstand alle Sprachen. Das Paar verließ das Hotel und begab sich den Hügel hinauf, eine klebrige Hand in der anderen, die Lungen verkleistert mit Teer. Sie stampften, gut verankert in der Realität, über das zaghafte Frühlingsgras. Je weiter sie den mit Lilien, kindlichen Mohnblumen und Heuschrecken übersäten Hang hinaufstiegen, desto mehr bröckelte die tiefe, gewohnheitsmäßige Traurigkeit ihrer Seelen ab und fiel als feiner Staub zu beiden Seiten des Pfades herab. Eine Träne benetzte das Auge des Mörders, und der Zahn, der seine Stimmritze reizte, hörte auf, an ihm zu nagen; Maria schaukelte ihre Rundungen.

Auf dem steinigen Gipfel ließen sie sich so bequem nieder, wie es ging, und Maria löste ihre Zöpfe. Sie sagte: »Dieser Ozean, so rein, so ruhig, bietet mir einen Anlass zu süßen Träumereien.« Ihre Vorstellungskraft zeigte ihr unzählige Schiffbrüchige und dünnhäutige Felsen, die liebkost wurden von merkwürdigen Algen und Tintenfischen. Sie nahm das Kaninchen ab, und ihre Schenkel fielen erschaudernd ins Gras. Sturzfluten von Schreien brachen über sie herein, herbeigeweht von Wind Nummer zweiundfünfzig, der von der Stadt her blies. »Es ist Sommer«, sagte der Mörder, während er Marias Röcke hochzog, Stücke von Rauch schienen aus seinem Mund zu fallen wie Kiesel.

Manchmal, wenn es nicht zu heiß war, verscharrte der Mörder Kinder zwischen den Zwergolivenbäumen mit den dürren Knien. Er stopfte die noch lebenden Kreaturen in Jutesäcke und schleppte sie mühsam auf den Hügel. Maria folgte wie ein gehorsamer Hund. Sie teilte Fußtritte oder Nadelstiche aus, wenn der Sack sich bewegte, und sang, um die Schreie zu übertönen. »Du bist schwach«, verhöhnte sie der Mörder. Den Schwachen traute er nicht.

Wenn sie am Zielort angekommen waren, leerte der Mörder den Sack aus und pflanzte die Kinder, eins nach dem anderen, mit den Beinen nach oben wie Sträucher in den Boden. Je nach Stimmung rezitierte er lange Gedichte, Logarithmen-Tabellen oder Grabreden. Maria beobachtete ihn ohne Interesse. Ab und an hinderte sie ein Opfer daran, zu fliehen. Notfalls verstümmelte sie es mit einer Axt. »Ich kriege langsam den Dreh raus«, sagte der Mörder an einem verregneten Sonntag. Er hatte elf vorpubertäre Mädchen, einen kopflosen Jungen und eine Epileptikerin gepflanzt. Die Gliedmaßen wehten jämmerlich im Wind, das Fleisch lappte von den Zehen. »Sie sehen aus wie Spitzenborten«, sagte Maria. Der Mörder donnerte ein paar Kirchenlieder und verstreute für die Vögel, die versuchen würden, sich auf die scheuen Beine zu setzen, Brot um sein luftiges Opfer herum. »Eines Tages wird an diesem Ort ein Wald wachsen«, sagte er stolz. »Ich werde mich nicht an diesem Holz wärmen«, erwiderte Maria.

Manchmal wehte der Wind heftig über den Hügel, stöberte Wolken aus Blättern und Federn auf, die dem Paar keine Ruhe gönnten. Der Mörder ließ den Jutesack an der Schwelle eines Hospizes liegen und sagte: »Für die Armen. Die Armen essen alles«, dann trug er Maria auf seinem Rücken bis zu den Gipfeln des Sturms. Dort fiel sie wie Staub, der vom ewigen Aufwirbeln müde ist, auf den Boden, und ihre Kleider flogen davon. Ohne den Kopf zu heben, sammelte der Mann, barfuß und in Ekstase, Blütenstaub, bis der Wind nachließ. Sie mochte diese ländlichen Sonntage nicht; das Land langweilte sie.

Maria war eine neugierige Frau, die sich nicht damit zufriedengab, Opfer und Komplizin des Mörders in diesem grausamen Königreich des falschen Scheins zu sein, sie wollte noch etwas improvisieren. Der Tod machte ihr keine Angst, und so lebte sie selbstgefällig mit dem Bild ihrer zukünftigen Leiche, ohne zu bemerken, dass ihre Lebenskraft und ihre Überlebenschancen von Tag zu Tag schwanden. »Ich bin nichts weiter als eine Leiche auf zwei Beinen.« Sie war nahezu glücklich. Nur ihr zweifelhafter Status als Hausfrau stieß sie ab. Sie liebte das behagliche Chaos unaufgeräumter Zimmer, sie hasste das Nähen, und das Wäschewaschen ermüdete sie. Dumm vor Gesundheit lümmelte sie in einer Ecke, klar und schimmernd wie eine Perle, sie träumte davon, aufzufliegen wie ein von der Sonne gejagter Vogel an einem von Fata Morganas schillernden Himmel. Indessen arbeitete der Mörder, während Maria so in den Lehm eines angenehmen, vorschöpferischen Nichts zurückglitt und die Fliegen erfolglos auf den Möbeln strampelten, auf den unbebauten Brachen der Vororte. Er saß da, die linke Augenbraue hochgezogen, eine brennende Zigarette hinter dem Ohr, und wartete darauf, dass eine alte Frau daherkam und ihren Schmuck auslüftete. »Ich bin, ich weiß, nur ein blutrünstiger Hanswurst, aber ich bringe die Meinen durch«, sagte er sich stolz, wenn er die Beute an sich gerissen hatte und seine Arbeit damit getan war. »Um Himmels willen«, stöhnte das Opfer aus der Tiefe seiner Wunde, »erlöse mich, gütiger Herr.« – »Du hast einen dicken Schädel«, grummelte der Mörder, während er respektvoll seine Mütze antippte. Dann ging er zu seinem Freund Louis, um Muscheln zu verkosten.

Indessen legte sich Maria in Abwesenheit des Mörders auf das Bett und klingelte nach dem Papagei. »Kommen Sie, verschmähen Sie meine Arme nicht. Folgen Sie mir, geflügelte Seele, in die ekstatische Raserei der Selbstbefriedigung, kommen Sie, meine Organe rufen nach Ihnen.« Der Papagei nahm seine Schürze ab und stürzte sich in die geöffnete Frau. Stunden erstarrten Lächelns und hinterlistiger Berührungen später steckte Maria ihre Brustwarze in den vor Überheblichkeit gelb gewordenen Schnabel und bediente sich der verzweifelten, unmenschlichen Sprache ihrer Augen. Der Papagei gab jedes Mal klein bei. Er wurde rosa und rundlich, seine Federn und sein Schnabel verschwanden. Milch blähte die ihm dargebotene Brust, und Maria verspürte endlich Erleichterung. Die Gedanken der Frau und des Vogels flimmerten über die Wände. Sogar die Teppiche waren mit Lasterhaftigkeiten tätowiert.

Maria wusste nie, wie das Wunder des Papageienkindes endete. Mit einem Mal erfüllte beredte Stille den Raum, starker Likörgeschmack lähmte ihre Zunge; der Papagei wurde wieder Papagei. »Es ist Glück«, sagte sie sich, und ließ ihre Beine auf das Bett sinken.

Maria nutzte das nächtliche Chaos, das im Hotel herrschte, um zu entkommen. »Wahrer Mut liegt in der Fähigkeit, die Angst vor der Lächerlichkeit zu überwinden«, sagte sie sich. Fernab von allem, heimgesucht vom Leichenschatten ihrer Wertlosigkeit, machte sie sich langsam auf zum Bahnhof. Ihr Gesicht spiegelte sich in ihrem schwarzen Regenmantel wie ein Scheinwerfer auf einer nassen Straße; ihre Scham, diese Ratte, deren Lippen über den lethargischen Grübeleien durchwachter Nächte blass geworden waren, stotterte.

Vor dem vergoldeten Tor des Bahnhofs angekommen, knöpfte sie den Hasen ab, der ihre Schenkel schmückte, und warf ihn in den Rinnstein: »Er ist nicht mehr in Mode«, sagte sie laut. Eine warme Aura ergoss sich über ihre Schultern und bügelte die schmerzenden Winkel ihres Wesens.

Der Mitternachtszug wartete in einer verlassenen Halle. »Gott gibt und Gott nimmt«, sagte sich Maria, als sie an den Mörder und die Atmosphäre überbordender Barbarei um ihn herum dachte. Sie vergaß ihren Koffer am Schalter. Der Bahnhof war menschenleer. In Rauch gehüllte Schatten lungerten in den Ecken, die Einsamkeit trampelte auf den Bahnsteigen herum, die Uhr tat nichts als gähnen.

»Wir Höhlenbewohner ...«, sagte Maria anstelle einer Entschuldigung, als sie sah, dass sich in ihrem Abteil bereits eine vielköpfige Familie ausgebreitet hatte. Sie setzte sich in eine Ecke und wartete darauf, dass das Durcheinander sich legte. Bereits in zartester Jugend hatte Maria die finstere Lebensweisheit englischer Gouvernanten gelernt.

Der Reisenden gegenüber thronte der Vater, voller Stolz auf seinen Nachwuchs kaute er schweigend. Seine

Frau machte sich neben ihm mit der ganzen Majestät ihres Fleisches breit. Eng in einen rosafarbenen Lampenschirm gehüllt, wechselte sie ständig die Windeln eines Neugeborenen, ein gesalbtes Lächeln zwischen den geschminkten Wangen. Vier oder fünf Teenager komplettierten die Familie. All diese Menschen, die sich in der Jauchegrube ihrer täglichen Erniedrigung suhlten, beobachteten Maria böswillig. »Es war dumm, wegzulaufen«, sagte sie sich, als sie die Augen schloss, »ich habe das Delirium verschwendet, ein angemesser Teil davon war mir zugedacht; von nun an wird mein Leben ohne Pfeffer sein.« Sie sah sich um, ein Opfer erstickender Klarheit, erkannte entsetzt die mehr oder weniger übersteigerte grausame Fratze des Mörders in jedem Gesicht. Der Zug schien auf Schienen aus Blei zu fahren.

Ein paar Stunden später betrat eine Frau das Abteil, splitternackt unter einem Streifen Musselin, und verlangte mit ihrer schönen Säuferinnenstimme: »Ihre Fahrkarten oder Ihr Leben!« Sie lochte die Tickets mit den Zähnen. »Es muss ein Güterzug sein«, sagte Maria und knöpfte ihre Bluse auf, die Luft war sehr verraucht.

Zwei Möpse
Zwei Äpfel
Ein Nonnenfurz
Eine Niere ohne Genierer
Zwei Rabattenratten
Ein riesengroßer Mörder

sangen die Kinder und die Wagenräder schienen es zu wiederholen: »Mörder, Mörder, Mörder«. Maria seufzte. Sie schwebte einen Moment lang zwischen zwei Bewusstseinszuständen, ohne sich im Samt ihres Schlafes zu verlieren; sie hatte nicht die Kraft, sich der Notwendigkeit des Atmens zu entziehen. Gedanken, kalt wie Nacktschnecken, krochen träge über die Oberfläche ihres Schädels, und die Kadaver schwacher, formloser Bilder watschelten über den dröhnenden Film ihres Trommelfells. Der Zug bremste ab, dann hielt er inmitten eines Rübenfelds. »Wir sind zu schwer«, sagte ein Reisender, der sich auf dem aufgeweichten Boden die Beine vertrat. »Wir müssen Ballast abwerfen«, sagte der Vater im Befehlston, denn er war im Krieg gewesen. »Wir müssen Ballast abwerfen«, wiederholte der Passagier vor jedem Fenster des Zuges. Bald war das Rübenfeld übersät mit Babys, Koffern, Hunden ohne Halsband und Kleidern. Der Zug setzte sich langsam wieder in Bewegung. »Zehn Meter in der Stunde«, schüttelte der Vater den Kopf, »das wird nicht reichen, ich habe um neun Uhr einen Termin an der Börse.« Er öffnete einen Koffer, der aus der Haut eines Gefangenen gefertigt und mit Wörtern gefüllt war, mit nichts als Wörtern, die man mit Beistrichen verbunden hatte; ganz unten im Koffer strampelten und lärmten gehäckselte Sätze, sie waren dabei zu ersticken. »Ich würde lieber krepieren, als das alles noch einmal zu hören«, sagte der Älteste der Buben. »Verrecke«, sagte seine Mutter zu ihm, dann, die Hand traurig auf die dicke, pockennarbige Brust gelegt, fuhr sie fort: »Die

Sätze, die unser gemeinsames Leben geprägt haben.« – »Besser als meine Anzüge«, erwiderte ihr Ehemann und warf die Wörter, eins nach dem anderen, aus dem Fenster. Der Wind riß sie mit, Rauch verhüllte sie, und der Zug verschwand in der Nacht, gefolgt von der so verschwendeten Beredsamkeit. »Ich steige beim nächsten Bahnhof aus«, sagte Maria, und das Kind erleichterte sich mit einem verheißungsvollen Lächeln auf den Knien seiner Mutter. »Das ist die Landluft«, sagte der Vater.

Der Zug hielt in einem kleinen Bahnhof auf dem Land, und Maria hatte das Gefühl, über die Grenzen des Lichts hinausgereist zu sein. Sie löste ihr Haar, das über ihre Schultern floss, und stieg langsam aus dem Zug. Die Sonne ging hinter den Mühlen auf, die sich wie Zinnsoldaten am Horizont reihten. Blauäugige Kühe rollten ihre Köpfe und zählten die Züge, ohne sich jemals zu irren. Maria, die sich in die Höhle des Nichts geschmiegt hatte, war ruhig. »Ich langweile mich, ich habe das Gleichgewicht meines Glücks verloren, ohne den Mörder entbehrt das Leben jedes üblen Beigeschmacks.« Es wurde ihr bewusst, dass es sie nach Vergänglichkeit hungerte, nach dem lockeren Zynismus des Geliebten, nach Züchtigung. Jetzt, da sie eine freie Frau war, wusste sie mit ihrem Leben nichts anzufangen.

Sie verließ den Bahnhof. Gut gewachste Momente verlorener Zeit drangen aus der Spieluhr, die man Erinnerung nennt, und die Frau wurde von wehmütigen

Gedanken heimgesucht. »Nie wieder werde ich mich meiner Nacktheit erfreuen. Von nun an werde ich nichts mehr erleben als das Verduften meines Schweißes; mein Hintern wird wie die Anemonen der warmen Meere nur noch spitz zulaufende, geringelte und mit Blut lackierte Fische anziehen. Ich werde meinen Zerstörer nicht mehr treffen. Meine trockenen Nächte, bar jeden Samens, werden meine Instinkte nicht mehr besänftigen. Die Farben sind aus meiner Vorstellung gelöscht und haben nichts als Asche hinterlassen.« Sie überquerte den Platz und setzte sich vor der Kirche auf eine Bank. »Ich werde auf den Mörder warten«, beschloss sie mit lauter Stimme. Ein alter Bauer mit ausgeprägten vier Buchstaben blieb neben ihr stehen. Er sagte: »Ich würde gerne schreiben können.« Ängstlich und gerührt stieg Marias Geschlechtsteil in ihre Kehle und flatterte mit den Flügeln. »Gib mir die Hand«, sagte sie und zog eine Brust mit Traumfüßen aus ihrer Bluse. Der Bauer putzte seine Brille, zog einen härenen Handschuh aus, berührte die Brustwarze mit einem Finger und sagte: »Ich segne dich, Tochter der Stadt.« Ein starker Geruch von verbranntem Holz erfüllte die Luft. Maria legte ihr Fleisch ins Mieder zurück: »Ihr habt mir geholfen, mir die Zeit zu vertreiben, ich werde euch das Lesen lehren.« – »Zu spät«, sagte der Bauer, »meine Augen sind schon wieder erloschen.« Er ging weg, und die Schweine, die Rinder, die Nomaden vor ihren öligen Töpfen und die Fliegen senkten einmütig ihre Köpfe. »Worin liegt die Verbindung zwischen Züchtigung und Vergebung? Warum ist mein Körper zufrieden, wenn er malträtiert und verwundet unter den bösen Zungen der Peitsche kriecht? Die Straße liegt offen vor mir, die Normalität mit ihrer groben Blechstimme ruft mich. Warum sollte ich diese Bank verlassen? Muss ich in jenes Zimmer zurückkehren, um wie eine Hündin zu sterben?« Der Moment war gekommen, in dem sie aus Trotz und ein wenig aus Lasterhaftigkeit auf das Recht verzichtete, in einem ehrwürdigen Alter, umgeben von Erben und teuren Möbeln, aus dem Leben zu scheiden. Im Grunde hatte sie keine reale Existenz mehr, nur der Mörder wusste, dass sie noch am Leben war. Sie beschloss, auf ihre Freiheit zu verzichten.

Der Mörder nahm den Zug, ohne sich zu beeilen. Er war glattrasiert, seine Krawatte blitzte blumig, und er tobte ein bisschen. »Ich werde ihre Fleischesangst mit ölverschmierten Händen greifen. Ich werde ihr die Brüste zwischen ihre Schulterblätter schrauben. Ich werde die heiseren Schreie ihrer Erniedrigung hören, während mein Baum Tunnel in ihre Kehle bohrt. Ich werde ihre finsteren Geheimnisse enthaaren. Ich werde ihre Klitoris im Stich lassen, wenn sie riesig und klagend nach mir verlangt«, murmelte er unter seinem rotzmarmorierten Schnauzer.

Maria lauschte den ländlichen Geräuschen. Der Staub, den die Füße der Passanten erhitzten, stieg in die Zweige der Mandelbäume hinauf.

Maria ließ ihre Gedanken schweifen, aber ihr Körper verharrte lange Zeit in der hasserfüllten

Unbeweglichkeit der Unaufmerksamkeit, ungerührt vor Verzweiflung.

Um elf Uhr warf Pascal, das Kind des Bürgermeisters, seinen Schnuller in den Teich. »Ich werde kein Blut mehr essen, denn das Blut ist mein Leben. Ich werde nicht mehr an der Mutterbrust saugen. Ich werde nicht mehr töten, denn das Blut aller Lebewesen fließt durch meine Adern. Vor allem will ich nicht sterben«, sagte er langsam.« – »Sei still, verwöhntes Kind«, antwortete Maria. Er stand vor ihr, das Rückgrat gemütlich in einen gegabelten Baum gesteckt, und dachte an den Gott, der seine Hausaufgaben, seine Sättel und seine ungeschickten Gesten überwachte, und eine Revolution brach aus in seiner Brust, schön wie ein Smaragd. »Er, der Gebete in Form von Zäpfchen liebt, warum schirmt Er nicht die Knie der Blinden, wenn sie in den Straßen stürzen? Soll ich noch vor den Alten untergehen, die im Heim verschimmeln? Ich werde entschieden nicht mehr von dem Blut trinken, das Er so sehr liebt.« – »Das Tier willigt ein in das Opfer«, sagte Maria, »eines Tages wirst du es verstehen.« Das Kind, das ihr zugehört hatte, antwortete nicht. Es verabscheute die gleichgültigen Ansichten der Erwachsenen.

Blind für die Passanten, begannen zwei Truthähne, ein weiblicher und ein männlicher, zwischen den toten Blättern und Pilzen zu tanzen. Pascal betrachtete sie, ohne den Zweck ihrer Grimassen zu verstehen. Maria beobachtete ihn. Die Bäume schienen ihr Geschwätz zu unterbrechen; die Bauern, deren Hosenschlitze von tausend kleinen Trikoloren blühten, unterbrachen ihre Arbeit. Die Truthähne allein hielten die Luft in Bewegung. Das Männchen zückte seine Ledergabel und spießte das Weibchen auf. »Wie an Weihnachten«, sagte Pascal. Er spürte, wie das, was er für die erste Blüte menschlicher Metallerzeugung hielt, auf seinen Bauch gepflanzt wurde. Er war Puppe, federköpfiger Gott, Gorilla und Planet in einem. Maria machte den Kragen des Jungen auf. Sie lachte tief unten in ihrem Korsett, während die Bauern mit gesenkten Augen an ihren Schlammpfeilern hantierten, ohne dass sie es gewagt hätten, sich aufzuknöpfen. Die Truthähne marschierten in ihrer rhythmischen Einsamkeit auf und ab. Mit dem majestätischen Auftreten eines Königs beim Staatsbesuch trat Pascal vor und legte sich auf sie. »Zwischenspiel«, sagte Maria. Die Truthähne trennten sich, und Pascal schüttelte seine Kleider wie ein Irrer.

Der Mörder stieg aus dem Zug. Es war Mittag.

Mit einem Gefühl, das der Freude sehr ähnlich war, kehrte Maria in das Zimmer am Hafen zurück. Der Mörder, der die Wunder und Gnaden der Vergangenheit völlig vergessen hatte, dachte nur noch an Rache. Hasserfüllt schwärzte die Nacht das Zimmer, und das Paar schlief, ohne den Pfad der Begierde zu beschreiten, wie betäubt von der abscheulichen Weitschweifigkeit der Erklärungen.

In der Morgendämmerung stand der Mörder auf. Sein einziger Zeiger wies nach oben, und er nahm Maria am Arm. Ein übles Wolkenspiel verschleierte den Himmel, die feuchte Melancholie der Wogen erfüllte das Zimmer. Maria zerzauste ihr Haar, und der Mörder sagte: »Meine Liebe zu dir ist abstoßend, sie macht meine Einsamkeit zu einem Gefängnis, zu einer Hölle.« – »Ich verstehe das, denn in meinem Herzen ist viel Elend, viel Abend«, antwortete Maria, aber der Mörder dachte bereits an etwas anderes. Mit einer Hand riss er der Frau die grauen Kleider vom Leib und warf sie gegen die Wand, an der sie wie eine Blutsäule kleben blieb. »Du bist fett genug, um mir Befriedigung zu verschaffen«, knurrte er, »ich werde das Felltäschchen deines Kilts über der Tür aufhängen, ich werde die Sterne fallen sehen, wenn dein Mund sich weitet, ich werde das fröhliche, jugendliche Schaudern meines Nabels spüren; von deinem Fleisch werde ich essen und der Wildheit meines Geschlechts wird nur das Fieber meines Darmtrakts das Wasser reichen können.« Seine Stimme erstarb, seine Tränen fielen kristallklar zwischen die Brüste der Frau; nur der Papagei, der, vor dem Spiegel sitzend, feierlich dinierte, bewahrte seine Ruhe.

Maria spürte, wie sich der Schweiß an ihren Nackenhaaren festsetzte. Ihr Blut pochte mit dem Rhythmus eines Motors in ihren Adern. Sie begriff, dass ihre Angst die höchste Intensität erreicht hatte, und während das Zimmer allmählich undeutlich wurde, während ihr die Matrosenjacke des Mörders mit ihrem Wachstuch die Gebärmutter zerknitterte, wurde das gedämpfte Licht ihres Bewusstseins feucht. »Alles ist falsch, du Rätsel der Frau«, sagte der Mörder, »aber das Rätsel hat einen Namen, und der lautet Wunde.« Mit einer Stecknadel ließ er den Bauch der Frau an zwei Stellen aufplatzen: »Da haben wir die Wahrheit«, sagte er verächtlich.

In der dunklen Hotelhalle lauschten die Nordafrikaner einem Potpourri aus slawischen Gefühlen, die in Rahmsoße schwammen, das Ganze war ungesalzen, wurde aber mit der Heulerei eines russischen Geigers serviert.

Das Bild des Erdengottes gaukelte vor Marias geschlossenen Augen, der Mörder kommentierte die unbefleckte Empfängnis bei den Rindern, und das Universum schaukelte in Blut wie eine gewaltige tote Laus. Ein Stuhl zerbrach, der Mörder sagte zornig: »Jeder Mensch kann zum Mörder werden, aber ich, der lauernde Bär, bin derjenige, der erschafft. Von mir kommt das Kind des Zorns, alsdann wird das Töten kein Ende mehr nehmen.« Maria hörte nicht zu. Sie war allein in einer Welt, die von phosphoreszierender Grausamkeit erhellt war, unfähig, einer Qual zu entfliehen, die sie guthieß, ein menschlicher Vogel in seinem klammen Fell, Beute eines Jägers, den sie sich ausgesucht hatte.

Der Papagei rülpste. Er kam aus Belgien.

Der Mörder und Maria bewohnten das Zimmer Nummer 21. Zwei Stockwerke tiefer hingen Jeremia und Anna in Zimmer Nummer 1 ihren Gedanken nach. Da jeder von ihnen seine eigenen Ziele verfolgte, ignorierten sie einander.

Es war die Zeit der kurzen Röcke, und alle Frauen trugen kleine Blütenkronen aus gefaltetem Papier, die wie Irrlichter um ihre Gesäßbacken tanzten. Sie entzogen die Globen dem Blick der Öffentlichkeit und entlarvten das lächelnde Tal, wenn der Wind blies.

Jeremia erwachte jeden Morgen gegen sieben Uhr; er stand vorsichtig auf, schüttelte seine Wolldecke, schabte mit einem Messer die Matratze ab und urinierte in den Briefkasten des Nachbarn. Unterdessen bereitete Anna das Frühstück zu, und wenn Jeremia sich endlich adrett fühlte wie eine Apfelblüte, kuschelte er sich unter den Rock seiner Enkelin und erfreute sich daran, die Batterien des Feindes auszuspähen, ohne einen Tropfen Knochenmark aufs Spiel zu setzen. Das Feuer tanzte in der Höhle, das Meer nagte mit seinen Schaumzähnen an den Klippen, und die Wände schwitzten den Geruch längst verdauter Mahlzeiten aus. Anna sorgte sich kaum um den Körper ihres Großvaters; blind und humorlos stieg sie über ihn hinweg wie eine Brücke über einen Fluss. Eines Tages, als Jeremia schlecht gelaunt war, hob er einen Arm, packte sie an ihrem Hasenschnäuzchen und sagte: »Von Bären kann man einiges lernen, eines Tages werde ich in der Hölle überwintern.« Er pflegte die einfache Philosophie der Lateiner, war ein stinkendes

Tier, das nie aus seiner Höhle kroch; er spürte, dass die Rädchen seines Willens drauf und dran waren, unter dem mahlenden Gewicht des Jenseits zu zerbrechen. Er suchte nicht mehr nach Maria. Zwischen Anna und einem hinkenden Kater lebte er in seinem Zimmer, das über den stürmischen Fluten des Marktes thronte, in den Tag hinein. »Ich werde mich vom Strom kampflos mitreißen lassen«, vertraute er seinem Tagebuch an, »ich werde ohne Geschmacklosigkeiten gehen, mit dem Bauch voran wie ein guter Bürger.« Er wusste, dass ihn der Tod Tag und Nacht aus der Tiefe eines moosgetigerten Spiegels beobachtete wie ein Jäger einen Wald. Doch bevor er starb, wollte er noch seine Botschaft verbreiten: »Ich werde vom Tod sprechen, aber du wirst mir nicht zuhören«, sagte er traurig, »ich werde die Liebe unserer Vorfahren, der Halbgötter, mit den Erdfrauen besingen, du aber wirst nichts verstehen. Du denkst nur daran, diesen Kater zu mästen. Undankbare, aus deinem Bauch wird ein Ungeheuer entspringen, es wird deine schwammige Hülle mit seiner Zunge durchbohren. Es wird dein einziges Kind sein«, sagte er, die Augen verdunkelt vom Zorn des Propheten. – »Warum verfluchst du mich?«, fragte die Frau, während sie ihre Soße aufkochen ließ. – »Es wird keinen Namen haben«, sagte der Alte, »es wird Satz gegen Satz mit dem Penis seines Vaters kämpfen, es wird kunstlos auf einem Feld geboren werden; es wird seinerseits krepieren, denn der Tod wartet auf alles, was im Schatten segelt. Frau, wirf deinen Samen aus, bevor der Wind sich erhebt. Hör mir zu, Anna, meine Worte widerhallen unter dem Gewölbe der Erfahrung.« Anna achtete nie auf die Worte ihres Vorfahren; sie pflegte ihn mit dem Automatismus von Krankenschwestern, die vor dem Leiden durch Glastüren geschützt sind.

Die Tage vergingen ohne Farbe. Anna arbeitete und Jeremia döste. Von Zeit zu Zeit schob der Nachbar unter der Tür Lebensmittel und Zeitungen durch oder die kleinen Fische, die man sich um den Knöchel bindet, um das Parkett zu ölen. Abends, wenn der alte Mann seiner geschwollenen Füße und der Eintönigkeit seines Lebens müde war, wenn er am Feuer schlief, las Anna laut aus der Bibel vor, um ihn zu zerstreuen. Auch der Kater hörte zu. Er liebte auf seine eigene Weise: Als ein Wunderkind der Opferbereitschaft kannte er keine Nächstenliebe, und sein Stolz war grenzenlos.

Anna wuchs in alle Richtungen wie ein seltsamer Pilz an einer Glaswand. Ihre Beine waren haarlos und ohne Umrisse, ihr Geschlechtsteil quäkte wie ein Säugling in dem nebligen Gesträuch, das ihren Bauch beschattete; ihr übergroßer Körper scheuerte an ihrer Kleidung. »Ich diene, du dienst, wir dienen, wer dient?«, psalmodierte sie mit der Scheinheiligkeit der Putschisten. Sie tat so, als würde sie Grammatik lernen, während sie sich in Wirklichkeit nur für die Klassiker der sadistischen Literatur interessierte. Manchmal hatte sie Sex mit dem Kater.

»Ich bin der hässlichste Mensch auf Erden, der älteste, der am meisten vernachlässigte. Kümmere dich um mich, Anna«, schluchzte Jeremia, wenn sein Kropf sich rötete, und die Frau kümmerte sich um ihn. Doch sie fand sich nicht damit ab, ihr winziges Glück in den Falten ihres Mieders zu verstecken. Oft hüllte Stille das Zimmer in Verbandswatte, und Anna glitt wie eine Nacktschnecke über die Grenze zum Schlaf. Die Einsamkeit riss ihren Geist aus den Angeln, ihre Haare gerieten in Verwirrung. Als die, die zuständig war für Jeremias Essen, fütterte sie ihn, um ihm beim Sterben zu helfen.

Es hatte viel geregnet. Der Kater kratzte sich. Er stand auf zwei Beinen und hatte die Zunge in der Tiefe des Rachens zusammengerollt wie einen Teppich. Anna räumte eilig den Tisch ab und murmelte: »Wie erbärmlich aufgeregt ich bin! All dieser Eifer für eine Art Dreirad, das nicht einmal eine Maus zu fangen vermag.« Ihre Hände, die in Handschuhen aus Fett steckten, streichelten ihre Schenkel. Sie glänzten wie Ammoniten; all ihr Verlangen richtete sich auf den Kater.

Angewidert beendete Jeremia den Abend auf seinem ranzig riechenden Bett. »Ich habe Schuppen, die Kopfhaut krampft sich um meinen Schädel, und mein Leben rieselt in Form von Staub auf meine Schultern herab. Der Arzt hat mir das Trinken verboten. Er will, dass ich in absoluter Ruhe verharre, ohne Nerven, ohne Lärm. Er weiß nicht, dass Anna mit dem Kater schläft.« Nach ein paar Augenblicken der Flaute zog die Frau, überschwemmt vom flüchtigen Höhepunkt derer, die arm sind im Geiste, die Bänder wieder fest und kehrte zu ihren Töpfen zurück. Sie war vollkommen glücklich. Ein Funkenschleier trennte Feuer und

Nacht ihrer noch unvollkommenen Weiblichkeit. »Wie könnte ich ohne dich heranwachsen?«, sagte sie und stellte eine Schale mit Milch vor den Kater.

Jeremia, den die Altersschwäche mitten in der Verdauung gepackt hatte, schnarchte. Er war ein Mann, der von allem, was tröstet, entwöhnt war. Trauernd und leidend alterte er ohne Würde.

In Marias Träumen erschien oft ein Gott, wenn der Mörder abwesend war oder schlief; die wache Gegenwart des Mörders schien ihn zu vertreiben.

Wenn der Kegel ihrer Ekstase umgefallen war und ihr Schamhaar strammstand, rief Maria ihren Gott, und der Gott kam.

In einer Nacht jungfräulicher Stille träumte sie, dass sie sich weit draußen in einer üppigen Wüste befand. Löwen mit Menschenköpfen schlichen am Rande des Horrors umher, ein Wind ohne Arme und Beine versetzte die kleinen Wellen des Sandes in Aufruhr. Die Luft war klar, das Mondlicht glänzte auf den Eisbergen, und ein Licht, das keinen Schatten kennt, ließ die Farben glühen. Ein Skorpion schoss seinen azurblauen Schwanz in jede Muschel und unter jeden Stein; von Schwermut und Moos gummierte Tiere schleppten ihre Bäuche von Strauch zu Strauch, suchten nach einem Wasserloch oder einem Erdfisch, der ein Wasserloch kennen könnte.

Maria folgte einer Wolke, ohne sich allzu sehr um die Zeit zu sorgen; sie war an Wüstenorte gewöhnt, ihre Mutter war Beduinin. Sie hielt an, um einen der vielen

Prophetenstämme vorbeizulassen, die blind über die Ebene wanderten. Sie hatten ihre Bettwäsche, die sich vor Ungeziefer bauschte, über den Rücken geworfen, ein bronzenes Hakenkreuz in der Hand des Ältesten sollte die Schlangen abwehren, eine Klagemauer hatten sie in jedem tauben Ohr. Die Frau zuckte zusammen. »Kein Muckser, oder ich blende dich«, sagte sie zu dem Kamel, das hinter ihr ging. Das Kamel senkte die Augenlider, und der Stamm zog lautlos vorbei. Maria und das Kamel begannen, an der Existenz des Landes aus Milch und Honig zu zweifeln, in dem Gott auf den Bäumen wächst und nur die Nattern mit Impotenz geschlagen sind.

Plötzlich ragte ein Schild vor ihnen auf. Fetzen von Paradoxa zeigten ihre phosphoreszierenden Zähne. Die Frau war zu müde, sie zu entziffern. Sie lehnte sich an den Vierbeiner und nahm ihren Hut ab. Regen schlug auf einen Felsen, und ein unerschöpflicher Strom von Reichtümern und Blut sprudelte daraus hervor. »Lasst uns von diesem Blut trinken, das sich uns so großzügig darbietet, die Nacht ist lang, und mein Traum hat gerade erst begonnen«, sagte sie bestimmt.

Die Wüste wälzte sich in ihrem Felsbett hin und her, und ein Sternenschwarm verhüllte den Mond. Der Gott legte seine Hand auf Marias Schulter: »Was dir unerträglich erscheint, erlaubt dir, den Plafond der Zeit zu durchbrechen. Du musst jede Weichheit ablegen, sie verursacht Blutarmut, du musst frei sein.« Er fuhr mit seiner Hand, die einen salzigen Duft verströmte, über das Gesicht der Frau; ihre Schminke verschmierte ihre Züge, da sah sie, dass ihr Gesicht für ihn reizlos war. Sie verhüllte sich und trocknete ihre Tränen. Da stellte sie mit Entsetzen fest, dass ihre Nase verschwunden war, ihre Augen und ihr Mund waren mit Fleisch bedeckt, ihr ganzes Gesicht war von der Stirn bis zum Kinn vollkommen glatt, ohne Löcher, ohne Haare. Ihre Haut sah aus wie Marmor. Marias Hände, die kraftlos waren vor Grauen, schwammen vor ihr wie siamesische Fische. »Was tun gegen einen Verrückten, der dich hasst?« Der Gott kratzte den Boden mit seinen Fingernägeln. »Begegnungen, die im Raum stattfinden, richten immer Schaden an.« Er ergriff die Hände der Frau, beruhigte sie, fühlte ihren Puls und klemmte zwei kleine Tonkrüge mit Wasser und Lehm zwischen ihre Finger. »Göttlich«, sagte er, »ich bin ein Lösungsmittel. Ich bin in diesem Wasser, in ihm ertrinkt das Wort, trink nicht davon. Mit diesem Wasser und diesem Lehm modelliere ein Gesicht, es wird das deine sein.« Er machte eine Geste und die Wüste verschluckte ihn.

Maria war in Versuchung, das Wasser zu trinken. Sie war durstig, und das Kamel, das alle zehn Minuten rülpste, verpestete die Luft. »Gulasch!«, rief sie nach einem besonders geräuschvollen Bäuerchen. Das Kamel war jung und hatte keine Manieren. Sie verspürte den Drang, die Fußspuren der Propheten mit Schlamm zu füllen, um ihre fuchtelnde Geschichte aus dem Gedächtnis der Menschheit zu tilgen. Ihr Schambein warf im Sand seinen Anker aus. Das Kamel lächelte einen Touristen an, der ein Foto von ihm machte. »Ich wünschte, ein anderer würde mein Leben leben. Beladen mit gewaltiger, vibrierender Zärtlichkeit, kann ich am Ende nur auf einer Bank der Verworfenheit stranden, umgeben von weingesäuerten alten Männern. Ich bin nicht zynisch genug, um gegen die Uhr, gegen die Leichtigkeit, gegen die Dummheit zu kämpfen.« Maria begann, den Lehm zu zerreiben und tauchte ihre Finger ins Wasser. Der Schlick klebte an ihrem Kleid; von einem Felsen in Kirchenform herunter stieß ein Raubvogel einen schrillen Schrei aus, der den Krug zerspringen ließ. Das Wasser ergoss sich in das mehlige Maul der Wüste. »Nichts als Unglück«, dachte Maria. Sie wagte nicht mehr zu sprechen, jede ihrer Gesten wäre von der Brise wie ein Flugdrachen erfasst worden. »Ich bin eine Frau, die am Ende ist«, sagte sie zu sich und bohrte zwei Löcher in die Maske, die sie gerade schnitzte, während sie traurig fortfuhr: »Meine Augen werden dein geliebtes Gesicht nicht mehr sehen, Land des Wahnsinns.« Tränen fielen traurig auf die Stirn der Maske und Maria sah, dass sie schön war. »Ich werde im Hotel Zwietracht stiften, ich werde Wind säen mit diesem Gesicht«, sagte sie begeistert und setzte die Maske krachend auf ihre Züge. »Auf geht's!«, rief sie, aber das Kamel weigerte sich, sich zu rühren: »Die Zeiten der Traumwanderungen sind vorbei. Geh, Frau, die Erkenntnis liegt immerzu vor dir; bei deiner Rückkehr wirfst du mir Brosamen zu, sofern ich lebe; wenn ich tot bin, betrachte meinen Kadaver nicht mit Ekel, er tut dir kein Leid.« Die Frau trocknete sich mit ihren Zöpfen die Augen und ging ohne weitere Bemerkungen davon.

Wortgebilde mit kleinen, herbstlich gefleckten Blättern wogten wie Fata Morganas in der Luft; kosmische Fluide umspielten Marias Körper; sogar ihre Brüste leuchteten. Da bemerkte sie, dass der Gott seine rechte Hand auf ihrer Schulter vergessen hatte. Sie lachte und ihr fröhliches, metallisches Lachen erhob sich wie eine Elster in die Ozonschicht. Maria bewegte die Halsmuskeln, aber die Hand ließ sich nicht abschütteln. »Ich muss frei sein«, keuchte sie, »geh weg, du dreckiges Organ der Zerstörung, du Wiegenräuber, du Kröte«, und sie wählte aus dem Steingarten zu ihren Füßen einen großen Brocken. Ohne nachzudenken, zerquetschte sie mit all ihrer Kraft die Hand an ihrer Schulter. Ein Geräusch wie von reifen, platzenden Früchten war zu hören, die Hand fiel verletzt in den Sand. Die letzten durchscheinenden Strahlen der untergehenden Sonne rannen über die bewaldeten Beine der Frau; der Tag verstarb, und der Sand lief weiter. Die Hand krümmte sich zusammen, ein Finger war schon blau von Wundbrand, in der Handfläche bluteten Stigmata. Maria hatte Mitleid. »Ich bin trotz allem ein Mensch.« Sie beugte sich vor, um die Leidende zu erlösen. Da sprang ihr die Hand an den Hals, und Maria erkannte, dass die Haut des Feindes die ihrer eigenen Hand war. »Es gibt«, sagte sie sich außer Atem, »keine zweite Chance nach dem letzten kratzenden Schluckauf; die Kehle, die nichts als den Bodensatz der Gereiztheit zurücklässt, bleibt die totale Zerstörung. Was endlich aufersteht, zaghaft und mit dem Aussehen von Larven, sieht nichts gleich. Der

Tod macht nur die Erde fruchtbar; sobald ich vernichtet und vergessen bin, sobald mein Schädel von den Hieben eines Knüppels Matsch geworden ist, werde ich ins Nichts stürzen, ohne zu begreifen, dass ich tot bin. Verliebt in die Erinnerung, werde ich als gefräßiges Geschlecht mit elfenbeinfarbenen Zähnen bis zum Jüngsten Tag die säuerlichen Überreste meines Körpers auslutschen. Nur Besessene schwänzen das Grab.«
Die Hand klemmte die Aorta der Frau zwischen zwei Finger und drückte zu. Zwischen ihren zusammengebissenen Zähnen murmelte Maria:

Hand, meine Hand,
Klapper, Schaufel, Messer,
Du, die lenkt,
Die stopft,
Eintunkt, ausdrückt,
Hand, verfluchte Hand,
Tausend Gesten alt,
Geädert, pummelig,
Bleicher Aufruhr des Abends,
Löse dein Mieder, das mich erstickt.

Taub, wie sie war, drückte die Hand noch fester zu, und Maria begriff, dass sie, wenn es noch keine Elektrizität gegeben hätte, diese hätte erfinden müssen, um sich zu retten; mit dem bisschen Kraft, das ihr geblieben war, drückte sie auf den Lichtschalter und wachte auf.

Der bronzene Gockel, der auf dem Kirchturm als Wetterfahne diente, ließ sich von seinem Gipfel des

Wahnsinns fallen und zerbrach in mehrere Teile. »Es ist Gottes Wille«, sagte der Pfarrer und begrub die Überreste des Vogels verstohlen an der Wegkreuzung – zwischen dem Selbstmörder des Jahres und der Fehlgeburt des Mädchens für alles.

Am nächsten Tag war die Hand da; ganz hinten zwischen den faulen Eiern, die der Papagei fraß, und den Wachspuppen. »Willst du Geld?«, sagte Maria und zog das Bettlaken über ihre Brust, »lässt du mich in Ruhe, wenn ich dir meine Ohrringe gebe?« Die Hand rührte sich nicht, und Maria fühlte, wie ihr Herz, traurig brummend wie eine alte, blutgefüllte Hummel, tief in ihren Brustkorb fiel. Sie zog das Nachthemd aus. Nackt versuchte sie, das Gebäude einer gängigen Psychologie wieder aufzurichten. »Wieder so ein Rumstreicher, der hinter mir her ist«, murmelte sie, »ein Höhlenbewohner, ein Schwarzfahrer. Man respektiert uns in diesem Hotel nicht mehr; man lässt jeden rein, ohne uns auch nur zu informieren. Der Mörder wird wütend sein.« Sie schaute aus dem Fenster, dachte über die Glasschränke weiblicher Feigheit nach und sah, dass der Kastanienbaum im Hof sich mit ein paar weißlichen Knospen herausgeputzt hatte. Sie dachte: »Wieder so ein Quatschkopf, kristallisiert in einer falschen Jugend«, und fühlte sich ein wenig gestärkt durch den Gedanken, in ihrer Dummheit nicht allein zu sein.

Sie rüttelte an der Schulter des schlafenden Mörders. »Meine Hand«, sagte sie im Stil einer Präsentation und machte eine Geste in Richtung der Wachspuppen. Der Mann sprang aus dem Bett, hopste durchs Zimmer und bewegte die Puppen mit dem Fuß, dabei zerbrach er ein paar Eier und fluchte in seinen Bart. »Nein«, stellte er richtig, »der Schatten deiner Hand. Du bist wirklich eine Verrückte. Es ist sehr gefährlich, so etwas im Haus zu haben. Zwanzig Jahre Berufserfahrung, um bei einer Irren zu enden.« – »Der Schatten meiner Hand«, sagte die Frau und betrachtete ihre Extremitäten mit Entsetzen. Sie lief zum Fenster und ließ die Sonne über ihren Körper rinnen; ihr Schatten, träge und noch blass von der nächtlichen Kälte, breitete sich auf dem Fußboden aus. Nur eine Hand haftete daran, die andere fehlte zur Gänze. »Mein Gespenst ist einarmig«, sagte Maria und lachte. Der Mörder gab ihr eine Ohrfeige. »Ich bin dein Meister, ich lehre dich deine Freuden und deine Pflichten; wenn ich dir ein Thema verbiete, hältst du den Mund aus Angst, deine Zunge könnte dir ausbüxen.« Dann, nachdenklich: »Wir werden zu Jeremia gehen, der weiß, wie man das Schicksal austrickst.«

Schweigend zog Maria ihren Mantel an. Sie mochte keine Überraschungen. Der Mörder zog sich die Schirmkappe über den Schädel und sagte: »Habeas Corpus.« Er bedachte die Hand mit einem harten Blick. Doch diese schien von allen weltlichen Überlegungen frei zu sein und ignorierte die abfällige Bemerkung. »Ich habe nicht die mindeste Macht über sie«, sagte der Mann und seufzte, »jedem sein Revier, der Alte wird schon aufräumen mit dem Eindringling.«

Als Maria die dunkle Treppe des Hotels hinunterstieg, warf sie einen Blick über ihre Schulter. Die Hand folgte ihr. Sie ließ sich mit einem weichen Geräusch von Stufe zu Stufe fallen. »Hör ihr nicht zu«, riet der Mörder, »das ist ungesund.« Als Maria um die erste Ecke bog, warf sie noch einmal einen Blick zurück und sah, dass die Fingernägel im Halbdunkel glänzten wie die kühnen Augen einer Katze. »Dreh dich nicht um«, befahl der Mörder, und seine Stimme war rau vor Hass.

Sie gelangten ohne Zwischenfälle in den ersten Stock. »Was für ein süßes Tier«, sagte der Bewohner, der den Treppenabsatz putzte. – »Das ist kein Hund und auch keine Katze, sondern eine Hand«, sagte Maria. – »Was für ein mieser Kalauer«, antwortete der Mieter und ging in sein Zimmer zurück. Er schloss seine Tür, auf welcher stand: »Vor dieser Tür ist unschickliches Tanzen verboten.« Maria hörte, wie sich seine Schritte im Mysterium der unbekannten Wohnung verloren. In der Halle ergriff sie, einem schlecht verhehlten Reflex folgend, den Arm des Mörders. »Du hast Angst«, sagte er, und sie beobachtete seine Nasenlöcher, die wie Biber vor einer Wasserpfütze bebten. »Ja«, sagte sie, ohne den Kopf zu heben. Sie hasste es, wenn man ihre fröstelnde, mädchenhafte Schamhaftigkeit beäugte. »Wir müssen hoffen, dass dein alter Herr daheim ist, in seiner Hütte auf dem Lande. Sonst haben wir kaum eine Chance, ihn zu finden«, sagte der Mann und schob Maria im Eiltempo vor sich her. Sie ging auf dem Rasenrand der Einfahrt, zwischen Gänseblümchen und leeren Konservendosen, diesen Postkarten des zwanzigsten Jahrhunderts. Eine duftende Trance packte sie, verursacht von einigen tausend Veilchen, die nur wenige Meter von der Straße entfernt auf dem Gras herumtrampelten. Nachdem sie tief eingeatmet hatte, sagte sie: »Wann nimmst du mir mein Leben?«

Sie wagte es nicht, den Mörder anzusehen, sie hatte Angst, ihn zu bedrängen. Er senkte den Blick und lächelte. Die Hand folgte, ohne müde zu werden.

Die Felder, durchflossen von grellem Licht, waren durchsichtig, und die Straße lief wie ein Kreppband in Spiralen bis zum Horizont. Jeremias Landsitz auf der Rundung eines Hügels ruinierte die Aussicht. »Nur Mut«, sagte der Mörder, »wir sind da.«

Als das Paar hundert Meter von der Hütte entfernt war, kam ihnen Anna mit einer Haube aus Stroh entgegen. Sie war üppig und gebräunt und stank vor Gesundheit. »Was für eine Überraschung!«, rief sie und nahm Maria in den Arm, »was wollt ihr nach all der Zeit von uns, liebe Schwester? Wir dachten, ihr wäret tot.« – »Besser tot als in der Gesellschaft eines Mörders«, brüllte Jeremia von seinem Sitzplatz hinter dem Ofen herüber, wo er seit einer Woche wie ein Betbruder vor sich hin gammelte. »Ich hätte den Nerz aus dem Schrank geholt, wenn ich gewusst hätte, dass du kommst«, sagte Anna und kniff die Augen zusammen. Brust an Brust sahen sich die Frauen an und fanden einander schön. »Wir sind Schwestern«, sagte Maria und streichelte den Hals der Jüngeren. Ihr Schleier schwebte zu Boden, sie war nackt, und ihre Stimme klang wie ein Versprechen. »Bis heute Abend«, hauchte Anna.

Sobald sie sich um den Tisch gesetzt hatten, machte Anna sich auf die Suche nach dem Kater. »Der Kater, immer der Kater«, brummte der Alte und seine Pfeife glühte rot auf in der Stille der Hütte. »Eifersüchtig?«, flüsterte Maria und stieß ihn liebevoll mit dem Ellbogen an. Im Bewusstsein seiner gesellschaftlichen Bedeutung brach der Mörder das Brot, dann machte er, vulgär wie immer, eine Geste mit zwei Fingern und einer Gabel. Müde und glücklich darüber, offenbar vergessen worden zu sein, kaute die Hand unter dem Tisch eine Eulenspiegelei auf Eigenbrötlerart. Anna kam mit dem Kater zurück. Aus Versehen wurde die Hand neidisch; indem sie die Finger wie Antennen ausfuhr, richtete sie sich auf. Die Nägel waren sorgfältig poliert und klopften nervös auf den Boden. »Ich muss sie wieder lackieren«, dachte Maria, denn sie liebte die Ordnung. Die Petroleumlampe warf verzweifelte Strahlen auf die Szene. »Steck deine Nase nicht in einen Vulkan!«, rief Anna, sie hatte die Arme in die Höhe geworfen. Der Kater hörte nur auf sein Herz und bewegte sich auf seinen drei gesunden Beinen vorwärts, wütend und glattrasiert. Jeremia rülpste und sagte: »Das Spermium befindet sich in der letzten Phase der Schöpfung.« Die Hand stieg über den Spucknapf und glitt wie eine Krabbe zur Katze hinüber. »Wir müssen für Ablenkung sorgen«, schrie Anna vor Entsetzen. »Ruhe! Ich exorziere!«, knurrte Jeremia. Der Kater spuckte Feuer, in seinen Augen war von geistiger Betätigung nichts zu sehen. »Im Spermium findet man die gleiche Glückseligkeit wie auf der höchsten Stufe der Schöpfung«, sagte Jeremia. Die Hand warf den Kater in die Asche und erwürgte ihn bedächtig. Außer sich vor Wut schlug Anna Jeremia dreimal mit einem Stuhl auf den alten, struppigen Kopf. »Wir müssen die Möbel retten«, sagte der Mörder und entwaffnete sie ohne jede Anstrengung. »Bulle«, heulte Anna, und Maria lächelte.« Wie schön deine Hand ist«, sagte der Mörder zu ihr. – »Es ist nur der Schatten meiner Hand«, antwortete Maria bescheiden. Die Augen des Katers hingen an zwei kleinen Spiralfedern aus seinem Kopf, eine weißliche Flüssigkeit tropfte aus seinem Mundwinkel; sein Schatten lag regungslos neben ihm. »Der Kater ist tot«, sagte Anna entgeistert und stand auf. Sie streckte sich und ging auf ihren flachen Absätzen im Zimmer umher. »Ich kann nicht allein mit diesem dreckigen Alten leben«, sagte sie und spuckte in Jeremias Richtung. »Gott steht an der Spitze der Schöpfung«, fuhr dieser mit seiner Rede fort. Die Hand drehte sich langsam um sich selbst wie eine Muschel, die sich mit Salz vollgestopft hat, und stürzte sich ins Feuer. Maria hob den Kopf und sagte wenig überzeugt: »Danke, Großvater.« – »Halte deinen Körper in Zukunft frei von Dämonen«, antwortete der Alte. Der Mörder hustete, weil ihn sein Kragen drückte. Da ging Anna auf ihn zu, schmiegte sich an ihn und sagte: »Meine Schönheit reift, ich bin hart, sauber, verfügbar. Lass mich dir folgen, du skrupelloser Mann, wir setzen den Alten in den Sümpfen aus; die Mücken und die Wasserfeen werden ihn ohne Gnade erledigen.« Jeremia öffnete ein Auge: »Judastochter«, seufzte er. »Kommt alle her«, sagte der Mörder mit einem zweideutigen Lächeln, während seine Hand das Gewicht von Annas Hintern wog, »ihr kennt meine Regeln: Es werden keine Waren zurückgegeben oder umgetauscht.« – »Wehe, wehe«, stöhnte Jeremia und bekreuzigte sich. Der Mörder deutete eine simple Geste an, und die Hütte fiel in sich zusammen. »Auf geht's«, sang Anna. »Ich kann meinen Schmerz nicht in Worte fassen, denn mein Wortschatz ist so arm wie mein Geldbeutel«, sagte Jeremia. »Von meinen Kindern beherrscht, schwach und verletzlich aufgrund meines starken Bedürfnisses nach Luxus und Sicherheit, bleibt mir nichts, als ihnen zu folgen.«

> *Männer, kennt ihr den Hass und den Geifer*
> *der Narren?*
> *Die mageren Kühe, die Klaviere*
> *Die Wunder und Geheimnisse*
> *Des Kindes, das sich*
> *Unter dem Terroir befreit?*
> *Das Universum auf griechische Art?*
> *Hämorrhoiden in Weißwein?*
> *Begreift ihr, Menschen, die ihr von nichts wisst,*
> *Begreift ihr,*
> *Dass kein Glück ist im Himmel*
> *Ohne ein Loch*
> *Nicht das kleinste Glück?*

Dergestalt sang der Mörder mit der schönen Stimme eines Mannes, der stolz verspürt auf seine Kraft, und die Frauen folgten ihm, Hand in Hand und voller Zuversicht. Jeremia betrachtete die Überreste seiner Hütte und sagte traurig: »Ich bin nur noch ein Hoteldieb, ein kaputter Typ«, und eine Träne kullerte über seine Wange. Ein böser Wind erhob sich; die Blumen, die Vögel, die Dinge mit ihren leuchtenden Farben und köstlichen Düften, all diese Speicher des Lichts versanken in der spirituellen Weite des Halbschlafs. Jeremia verspürte einen unerträglichen Drang zu weinen, eine Art Juckreiz der Seele: Es schien ihm, als würde ihn die Inkarnation der Erde wie ein großer, weicher Pelz umhüllen. »Wie jeder Mensch muss ich leben, obgleich ich doch immer schon besiegt bin«, sagte er sich. Maria pflückte eine Blutblume und steckte sie in ihren Haarknoten. »Es ist Sommer«, sagte sie und beschleunigte ihre Schritte.

Von nun an regierte der Mörder im Zimmer am Hafen wie ein absolutistischer Herrscher. Seine Rolle des Zerstörers all jener, die sich nicht selbst vernichten können, wurde durch die Gegenwart der beiden neuen Opfer noch umfassender. In dem Maß, in dem die allgemeine Angst zunahm, sprossen tausend Pusteln aus kristallisiertem Sperma auf seiner Haut. In die Transparenz seiner Glückseligkeit gewandet, dichtete er alle Ritzen an den Wäldchen der Frauen seiner Entourage mit der wunderbaren Schwerhörigkeit des Sexarbeiters ab. Er war ein Staatsmann, und das im wahrsten Sinne des Wortes.

Gegen alles und trotz allem, trotz des Lärms, trotz des verschwendeten Hasses, der in seinem Herzen schrie, sah Jeremia, struppig und ächzend, seine Memoiren durch. Er schrieb: »Die Verfluchten können gegen das Wort nichts ausrichten« oder: »Im Krieg durchqueren Bomben die feuchte Luft wie Fürze.« Er war heiter und von Sonne umgeben wie ein Pfannkuchen vom Honig. Er sah nicht, wie sich die weiße Hydra des Mörders auf die Körperöffnungen seiner Enkelinnen zuschlängelte; alte Menschen sehen nur das, was sie auch wissen wollen.

Der Mörder beäugte Jeremia ohne Unterlass. Der unerfreuliche Anblick des Großvaters, dessen Geschlechtsteil auf den Knien lag wie eine Hostie auf einer Zunge, dessen Mund immer bereit war, Plattitüden zu ejakulieren, der umgeben war von Schleim und Lebensmittelbergen, ließ in ihm den perversen Zorn der heidnischen Priester rumoren. Er wusste, dass demnächst der Mord in seinem Kopf ausbrechen und seine verstümmelte Seele für einen kurzen Moment der einsamen Freude erleuchtet werden würde.

Gegen Ende Dezember, an einem windigen Abend, als die heiratswillige Finsternis der Häfen über die Stadt fiel und die feuchte Promiskuität des Schlafzimmers aussah, als werde sie vom fahlen Licht des Mondes unterstrichen, kroch Anna in das Bett ihrer Schwester und sagte, ohne ihre Stimme zu erheben: »Sex hat einiges mit dem Krieg gemein. Ich will mich nicht mit meinem Anteil am Mörder begnügen.« Maria, deren Brust im selben Moment brennend gefror, setzte sich auf ihren Hintern. Durch ihr Haar hindurch, das nach Raubtier roch, sagte sie: »Du ermüdest mich mit deinen Ferkeleien eines unausgeglichenen Mädchens; begnüge dich mit den Brosamen, die ich dir hinwerfe, mit den zerstreuten, halben Gesten des erschöpften Mannes; dein Hirn und deine Brüste sind nicht reif genug, um eine schärfere Diät zu vertragen. Öffne deine Augen, lerne, aber zwinge niemandem deinen Willen auf, damit dein Mund nicht für immer versiegelt wird.« – »Ich verstehe nichts, und ich mag keine Rätsel«, sagte Anna übermütig und legte sich langsam zur Seite wie ein Schiffswrack. »Ich werde deinen Körper mit Asche bedecken, ich werde mit deinem Blut Achten um meine Knöchel zeichnen, ich werde deine Körperhaare auf dem Gaskocher meines Atems verbrennen; ich werde den Teufel austreiben bis in deine Erinnerung hinein.« Maria hörte zu, zuckte mit den Schultern und hob das grobe Baumwollhemd der Jüngeren an, um den Bauch und die noch schattenlosen Beine zu entblößen, die blass von zarter Jugend waren. Sie streichelte sie mit den Fingerspitzen und brachte die Wellen der Lust, die durch das willige Fleisch liefen, dazu, sich zu kräuseln, dann drückte sie ihre Zigarette im auf diese Weise gesäumten Nabel aus. Anna wurde ohnmächtig. Träge streckte sich Maria aus, eine zerquetschte Hand lag auf dem Kern ihrer Sünden. »Sie würde sogar das Feuer zu Tode langweilen«, sagte sie sich, »was könnte sie von Männern verstehen? Ich bin eine andere Spezies. Selbst wenn ich tot bin, werde ich zurückkehren, um auf der Erde Unzucht zu treiben. Ich bin eine Göttin, ich werde in den Herzen der Männer brennen wie eine unlöschbare Sonne, und mein Bild wird im tückischen Schatten der Kirchen lächeln. Aus meinem Grab, dem Heiligtum der Reichen, wird ein Strom von Weisheit fließen, die Antwort auf alle Gebete. Er wird unfruchtbare Frauen befruchten und noch die Abstoßendsten angenehm erscheinen lassen. An meinem Geburtstag wird man auf den öffentlichen Plätzen Tee servieren. Aber zuerst muss ich sterben; ich muss meinen Todeskampf durch den Kanal meines Verlangens formen, stolz muss ich meinen Tod tragen wie einen Helm; so kann der Mörder in seinem Gehirn den nötigen Taumel hervorrufen und das Visier der großen Kälte über meiner Stirn herunterklappen.« Sie fühlte sich zur Leiche berufen.

Jeremia stand kurz vor Sonnenaufgang auf, um den Kaffee für den Mörder zuzubereiten. Er weinte leise, während er in seine Holzpantoffeln schlüpfte: »Das

Alter starrt vor Dreck; die Haut nutzt sich ab, zerbröselt, den gewichtslosen Zellen fehlt das Wasser, das Fleisch fältelt sich ungeschickt um die von den Jahren verformten Knochen; sogar das Gehirn schimmelt im Urin.« Er spülte seinen Mund mit einem Schluck Whisky und weckte seinen Herrn. Dieser zündete eine Kerze an und gab Maria, während er sich noch die Augen rieb, einen Tritt. »Es wird unter den kleinen Leuten viel gelogen; bist du noch immer nicht tot?« Die Frau schluchzte auf und schlief wieder ein. Der Mörder stand auf, wusch sich und machte sich auf den Weg zum Schlachthof.

Jeremia stand mit einer Kerze in der zitternden Hand neben der Tür und sagte: »Ich bin zu müde, als dass ich ans Sterben denken könnte; ich werde an dem Tag, an dem Gott mich ruft, mindestens ein Erschießungskommando benötigen«, und er blieb unerschütterlich bis zum Morgen am Leben.

Das Hotel der Nordafrikaner lag hoch über der Stadt. Es war von sich krümmenden Straßen umgeben, die romantische Namen trugen, sowie von weißen Wänden, auf denen Eidechsen in der Sonne fläzten. Die grünen Fensterläden der Kantine klapperten in ihren Angeln, Katzen machten auf den Dächern ihre Buckel; man spürte, dass hinter jedem matten Fenster eine Leiche lag.

Maria, Jeremia und Anna kamen nur selten aus ihren Zimmern und sprachen nie mit den anderen Bewohnern. Sie besaßen die tyrannische Verrücktheit der Schüchternen; sogar die Straße machte ihnen Angst.

Die Kreisbewegung der Uhren und der Hang des Mörders zur Grausamkeit auf nüchternen Magen brachten ihn dazu, dass er sehr früh zum Schlachthof aufbrach. »Wer sich zerstreut, verharrt im Nichtsein«, sagte er an diesem Morgen und ließ seinen Blick eines Narziss im Zimmer umherschweifen, »beschäftigt euch während meiner Abwesenheit sinnvoll, haltet eure Gedanken im Zaum, kocht.« Er schloss die Tür und ging weg.

Jeremia und die beiden Frauen setzten sich aufs Bett. Mit leeren Händen, die zwischen ihren gespreizten Knien hin- und herpendelten, und ihren Köpfen, die in dem schiefen Spalt kreisten, der ihre Schultern trennte, diskutierten sie den ganzen Tag. Es war viel Langeweile, ein bischen Lust und noch weniger Intelligenz in ihren Worten; nur der Papagei folgte dem Faden seiner Gedanken mit Beharrlichkeit. Niemand hörte seinen Tiraden zu. »Das Laster steht dir gut, Mädchen. Blonder Dunst umgibt deinen Schädel, ein harmonischer Schwindel erfasst den, der dich erblickt, der vergossene Samen der Männer schäumt um dich herum«, sagte der Alte eines Nachmittags, als der Papagei zwischen seinen Füßen schlief und die Flügel gefaltet hatte, um besser buckeln zu können, »du bist zum Empfangsgerät unseres Herrn, des Mörders, geworden. Er legt die Fülle seiner Güter in deinen Mund, und der Saft steigt in dir auf. Glaube mir, du blühst, du blühst.« Der Papagei drehte sich im Schlaf um und schluchzte. Er durchquerte im Traum die süße Dämmerung der ersten mündlichen Umklammerung. Anna hob die Nase um einen Millimeter, blickte verächtlich auf den grasbestandenen Bauch ihres Ahnherrn und sagte: »Sie mag blühen, aber sie macht aus dem Mann ein unfreiwilliges Organ. Bevor er Maria kannte, war der Mörder nur ein Fleischer mit ein paar speziellen Fähigkeiten. Er tötete, um zu essen und um seinen Wein zu bezahlen; seit sie da ist, tötet er aus Vergnügen. Sie verführt ihn zum Bösen, verdirbt ihn; sie stopft irrwitzige Ideen in sein Hirn, die er nur zur Hälfte versteht. Sie ist es, die Abgründe gebiert, ein böser Wind verwischt ihren Schatten, und ihre Seele ist nach dem Bilde ihres Saugmundes geschaffen.« Jeremia nahm den Vogel auf den Arm und sagte: »Ihr sprecht und tut die schlimmsten Dinge vor diesem Kind.« – »Kind, sagt ihr«, brüllte Anna mit einem Gesicht, das rot war vor Hass, »das ist der Etagenpapagei, der Putzmann vom Klo. Ihr halluziniert; vor euren Augen wallen farbige Nebel und eure Gehirne erledigen den Rest. Es gibt keine Kinder, Großvater, der Mörder durchpflügt unsere Bäuche im Leerlauf. Es gibt keine Erlösung für uns, unser Martyrium ist ewig, grundlos und ohne Möglichkeit, Einspruch zu erheben.« – »Es gibt Liebe«, zischte Maria und zupfte Blütenblätter von ihrem Asphodelenkranz. – »Für uns ist deine Liebe nur ein Schanker, den du auf dem Revers deines Schicksals trägst, als wäre er Tand; nicht leicht zu verstehen, nicht schön anzusehen«, sagte Jeremia stammelnd und wurde dabei von einem Hustenanfall unterbrochen, »du wirst mit dem Rücken zur Wand sterben, trotz dieses Affentheaters.« Maria antwortete nicht, sondern lauschte den Schritten der Hirsche auf den verlorenen Pfaden in den Bergen. Sie dachte an die schrillen Gesänge des Mörders. Ihr Kleid wölbte sich über ihrem Haarbüschel; die dunkle Glut der Freiwilligen höhlte ihre Wangen, und ihr Blut knabberte an ihren Eingeweiden wie eine Feuerschneise. Während solcher Krisen war ihre Zunge, dieser Maulwurf mit seinen Heroldrufen, nicht mehr dieselbe; ihre Augen sahen nur noch die Rückseite ihrer Gedanken, ihre Zähne schienen Teil einer unüberwindbaren Mauer zu sein. Und während sie so ihr Verlangen betrachtete, diese Anhäufung von Materie, die sich immer schneller bewegte, legte sie sich vor den Spiegel und bekam Schluckauf vor lauter Unsicherheit. Die alte Bruchbude schien zu beben.

Anna indessen, die von der Hitze wie betäubt war, hatte ein Ohr an die Wand gepresst und lauschte dem

Erbrochenen aus verblassten Melodien, das vom Radio im Nachbarzimmer ausgespuckt wurde. »Scherzo«, sagte sie, und Maria spreizte ihre Beine, die in einem Kokon aus Wolle steckten, bis eine spezielle Metamorphose im Äußeren wie auch im Inneren begann. Anna schlug den Takt. Eine Rose ließ drei Blutstropfen in eine Tasse Milch fallen, und der Hase, der zwischen Marias Schenkeln hing, kratze den Juckreiz an seiner Quelle bis zur Neige. »Du hast eine musikalische Ader, meine Tochter«, sagte Jeremia und bückte sich, um besser sehen zu können.

Am Abend, während das Meer, von der weißkalten Glut des Mondes erregt, sich an den Kieselsteinen des Strandes rieb, öffnete Maria das Fenster weit, denn Verzweiflung breitete sich in ihr aus. Die geheime Welt des Hasses, das mineralische Licht der Zerebralität – das alles war Teil ihres Seins, und der Wunsch, nach einer anderen Art zu leben, war unerträglich geworden. Die Tage zogen in gerader Linie aus dem Sumpfgebiet herauf, und der Mörder bewegte sich im Dung seiner Existenz mit der schweren und tödlichen Geschwindigkeit eines Waschbären. »Wir müssen zu einem Ende kommen«, sagte sie sich, aber der Mörder tötete sie wohl nicht, und Jeremia, der alte Jeremia, bewachte sie Tag und Nacht: »Damit du keine Dummheiten machst«, sagte er.

Der Papagei spielte mit Jeremia während der langen Zeiten der Stille Bleistiftspitzen. Vor dem Spiegel schenkten sie einander einen Koitus nach dem anderen und genossen es, sich schließlich überschwänglich in einen gesprungenen Topf zu ergießen. Nur der Mörder schlief. Müde von seinem Tag im Schlachthaus ruhte er, in den Granit seiner sozialen Überlegenheit gemeißelt. Er war der König, ein Edler der Gewalt, und seine mittellosen Untertanen übten sich während seines Schlafs in Schweigen.

Geheimnisvoll ging der Mond hinter der beweglichen Membran der Nacht auf, Maria konnte nicht mehr erkennen, wie sich die Beleuchtung der Cafés im Wasser spiegelte. Sie schloss das Fenster. »Mach auf«, bellte der Mörder, den Blick noch weiß vom Schlaf, die

Hände auf der Brust gefaltet, »nur die Armen frieren an den Augen.« Er stand auf, zog Maria lässig aus und versenkte sie zwischen sich und der Matratze. Der Alte berührte zärtlich den Papagei; arabische Musik drang durch die Trennwand aus dem Nachbarzimmer, dort träumte ein Beduine auf den Überresten eines Kamels. Maria, die sich unter dem großen Feigenblatt ihrer vaginalen Ohnmacht zur Schau stellte, sagte: »Töte ein Kaninchen, ich mache einen Mantel daraus.« Der Mörder lachte hämisch.

Wochen und Jahre vergingen, schlappten auf Socken durch das Zimmer, in dem sie mit Blick auf den Hafen ihr elendes Leben fristeten. Maria aber schüttelte eines Tages Jeremia, der mit dem Papagei ein Würfelspiel laufen hatte: »So ist es richtig, kämpft. Ihr ekelt mich alle an, wie ihr euch für ein paar Groschen Streiche spielt, mit eurem nach Zigarettenkippen stinkenden Atem.« Die Spieler sahen sie entgeistert an, dann würfelten sie weiter. »Wahnsinnige!«, sagte Jeremia und schüttelte den Kopf. Der Papagei kniff ein Auge zu.

Maria nahm ihr langes schwarzes Haar zwischen Daumen und Zeigefinger und rollte es mit einer Gabel auf. Sie rasierte sich langsam den Kopf und die Augenbrauen. Die Sonne traf auf die Wand des Schlafzimmers, wo der sanft gebeugte Körper der Frau die banale Vergoldung ihres Profils abschnitt. Sie warf ihr Haar in die Mitte des Tisches, zwischen den Frischkäse und die Zeitung. Ströme von Schmerz begannen zwischen den Möbeln zu fließen. »Jeremia, du altes, wandelndes Aas, wisch dir den Mund ab«, schrie sie, aber Jeremia warf einen Doppelsechser und flüchtete sich in eine Ecke. Er sagte: »Meine Seele hat eine lange Leiter. Sie steigt wie ein Eichhörnchen auf und ab, ohne Luft zu holen. Nur Maria verursacht ihr Schwindel. So stürzt sie ab, die Arme, und schlägt sich die Zähne aus.«

Die letzten Sonnenstrahlen verblassten an den Flanken des Berges. »Lasset uns beten«, sagte der Papagei, der auf die Knie gefallen war, und der Mörder schloss leise die Tür. »Zu trinken, alter Bockszauberer! Und du, Mädchen, bring mir etwas zu essen«, sagte er und rieb sich heimlich an einer Ecke des Tisches. Er aß und trank, bis ihm übel wurde. Dann zog er die Hose herunter und klebte Jeremia mit viel Speichel und Seccotine[1] an die Wand. Er riss Maria aus ihrem Tagtraum, knetete ihre blanken Hinterbacken durch, um die eine alte, blinde Fliege herumflog, und zündete die Kerzen an.

Ich stecke einen Phallus
In jede Flasche Milch
Ich hacke mir meine Handgelenke durch
Ich vergewaltige meine Mutter
Und all das nur, um dir zu gefallen
Und der Abfall wird wie Honig fließen
Über deine alten Privilegien
Und dann werde ich
Vibrierend wie ein Planet
In dein Fleisch eindringen
Und der Abfall wird wie Honig fließen
Billiger als Bier

sang der Mörder. Maria rührte sich nicht. Sie schien einer Eingebung zu lauschen, die aus Abgründen aufstieg, ihre Brüste, aufgerichtet wie Jagdhunde, witterten den Wind. Der Mörder tanzte auf den Zehenspitzen. Sein Kopf fiel einmal nach rechts, einmal nach links, wie eine tote Blume am Ende ihres Stiels; sein Körper drehte sich, die Arme über Kreuz, und die Zeit, feucht vor Spannung, schien ebenfalls zu kreisen. Am äußersten Rand eines langen Tunnels aus Stille ertönte das Geräusch einer Uhr. »Gott naht«, sagte Maria, »komm, du Gott mit den langen Ohren.« Sie spreizte ihre Beine vor dem Messer des Mörders; mit seinem irren Kreischen schnitt es in das lebende Fleisch, und das Beben der Frau pflanzte sich bis in die winzigsten Ritzen ihres Wesens fort. »Gib mir den Rest«, spuckte Maria vom Grund eines Brunnenschachts des Schmerzes, und der Klang ihrer Stimme ließ das Trommelfell des Alten platzen. Der Mörder wandte sich zu Jeremia, der immer noch an der Mauer klebte, und riss die Lumpen herunter, die seine grauen Beine hüllten. »Nackt. Wir müssen nackt werden vor dem Tod wie vor Gott.« Mit diesen Worten zog er Jeremias Kopf zu sich heran und schraubte eine brennende Kerze in sein Auge. »Auch du musst das Licht sehen«, schrie er und entzündete eine zweite Kerze, steckte sie zwischen die Pobacken der Toten und sagte: »Deine arme Fliege braucht einen Führer.« Dann kniete er vor der Ikone nieder und sagte sehr traurig: »Oh Maria, oh dein Bauch, der mit Schleimhäuten gefüttert ist, Maria, Schwester der Unschuldigen, ich habe mit

Hörnern einen Weg in das Gestrüpp deiner Gebärmutter geschlagen, einen Weg zum Himmel. Stoße vom Thron die Götter, welche die armen Menschen verhöhnen, räche die Menschen, Maria, vergiss die Menschen nicht!« Monströses Ticken erfüllte den Raum, elektrische Ströme brachten jeden Gegenstand zum Erglühen, und Tausende von Augen, die wie Grübchen aus Licht aussahen, leuchteten um die ausgestreckt liegende Frau herum; Jeremia ließ seine Kerze fallen, und Gott entfernte sich hustend. »Es ist vollbracht«, sagte der Mörder erfreut, »vielleicht haben wir jetzt Frieden.« Er stand auf, drehte die Tote mit dem Gesicht zur Wand und bedeckte sie mit einem Laken. »Ein Gesicht weniger im Regen; ein weiterer Klumpen Erde, der nicht mehr lächelt. Wir sind nichts als Schlamm, und das wissen wir auch, und der Wurm, die kleine weiße Wurst, weiß es besser als wir.« Der Papagei schob seinen Schnabel aus einem Loch in der Wand und sagte: »Wer Ohren hat zu hören, der höre, tschüss.« – »Tschüss«, sagte der Mörder und wischte sich den Mund ab, der Geschmack von Blut ekelte ihn. »Möchten Sie etwas Frischkäse?«, rief der Nachbar und klopfte an die Zwischenwand. – »Ruhe«, antwortete der Papagei, und der Mörder lächelte.

Jeremia warf sich, klebrig wie er war, aufs Bett und Tränen füllten seine Augenlider. Da sie tot war, konnte Maria ihrer Vorstellung bis ins Innerste der Erde folgen, in den Abgrund der Abgründe hinein, konnte mit der Schallwelle vordringen bis hin zum Rand des Endschleims.

Der Mond ging auf. »Der Teufel folgt seinem Herrn«, sagte der Alte und bekreuzigte sich, »behüte uns vor deinem Hunde.« Er hatte die Nase voll von diesen Gesellschaftsspielen.

Schwer tragend an seinem Fleisch, nach Luft ringend, sie verzehrend, umgeben von einer Wolke aus finsterem Pessimismus, erreichte der Mörder die Klippe und warf einen Stein ins Meer. Es war der nächste Tag.

»Eine Frau ist tot«, keuchte er, und das Geräusch seiner heiseren Stimme fiel wie ein Eiswürfel vor seine Füße. »Tot sind ihre kleinen, durstigen Brüste, fort ihre Seele, beschmutzt von Schreien, fort die von ihrer Reife verdreckten Leintücher, verloren die Schamlosigkeit des männlichen Spleens. Sie war ein sicherer Rastplatz für die Zärtlichen dieser Erde, sie roch nach Milch, die auf dem Gras vergossen wird, sie liebte. Vor dem immer wiederkehrenden Albtraum derer, die des Bewusstseins entbehren, floh sie in die dunklen Grabhöhlen wie ein Hirsch auf den Hochsitz. Ihr Geist, ein unbekanntes Produkt der Schambeinverbitterung, kann nicht mehr brillieren, kann sich nicht mehr bilden. Man muss würdig sein in seinem Wahnsinn, man muss lächeln, aber eine Frau ist tot an Leib und Seele, und mein Herz, belastet mit den finsteren Verdauungsvorgängen der Reue, will nicht an seinem Platz verharren.« Mit diesen Worten warf er sich aufs Gras und grub seine Fingernägel in den Schlamm; er fühlte sich plump, jede Geste war eine Denkaufgabe, und jede Meinung, die ein paar ausgehärtete Gedanken alt war, erschien ihm bereits eine Tat zu sein. Er hütete sich davor, sich zu bewegen. »Der Himmel ruft mich so seltsam, ich habe Angst. Er öffnet seine verkrampften Kiefer, ich glaube, ich höre den Schrei einer Frau über die Felder fegen. Geh nicht fort!«, schrie er plötzlich und umschlang einen Baum mit seinen Armen, »die Strömung reißt mich mit, bleib, Freund, ich brauche dich hier. Dank eines guten Deodorants halte ich meine Beziehungen aufrecht, ohne ihnen zu sehr auf die Nerven zu gehen.« Jeremia erschien, zehn Schritte von dem am Boden liegenden Mann entfernt. Der Mörder fasste sich. »Was willst du, alter Mann?«, sagte er, »willst du bei diesem schönen Wetter sterben? Willst du das Maskenspiel deiner Kleidung ablegen, um deine Überreste zwischen den Blumen spazieren zu führen? Ich fühle mich elend, alter Mann, trotz meiner Mätzchen, denn eine Frau hat mich verlassen; eine Frau ohne Narben, mit Zöpfen, die in der Taille hygienisch zusammengeknotet waren, ein Weibchen, das seine Wünsche an der Garderobe der Pflicht zurückließ, eine Königin. Lass fallen deinen Kadaver ins Gras, Jeremia, vergiss die weichen Hinterbacken deiner Sorgen; rauche, und die Sonne wird dich wärmen.«

Zertritt das Grünzeug, das dich eines Tages frisst
Pflück diese Blume, die eines Tages erblüht
Gemästet mit deinem verrotteten Fleisch
Ein Tritt den gelben Hunden, die einst auf dein
Grab pissen werden
Halt's z'samm, alter Mann
Zähl deine Sous
Denn der Tod wird dir winken
Und deine Seele wird verwelken
Auf der nackten Erd

Er wusste, dass die Moral eine verbotene Frucht ist. Jeremia setzte sich mühsam. »Dein Herz ist leicht«, sagte er traurig, »Maria ist für dich gestorben.« Der Mörder hörte auf, in der Erde zu scharren, und sagte: »Die Alten sind mürrisch. Sie sabbern aus ihren Mündern und lassen endlose Geziertheiten über die Aufschläge ihrer Alpaka-Jacken laufen.« – »Das war zu erwarten«, seufzte Jeremia, »die Gründe des Fleisches sind immer die besten. Sie ist für einen Nichtsnutz gestorben.« Der Mörder zog eine riesige, mit rosa Bändern geschmückte Blutwurst aus der Tasche und pflanzte sie zwischen den Mohnblumen mitten auf die Wiese. »Alle Vögel des Himmels werden von meinem Fleisch essen«, sagte er, und die blendende Klarheit des Mittags ließ grelle Reflexe auf den Riffen mit ihren Bronzefingern tanzen. »Komm morgen ins Hotel. Ich begrabe meine Enkelin«, sagte Jeremia. – »Werde ich mich sattessen können?«, fragte der Mörder interessiert. – »Ja«, antwortete der Alte, und so schwiegen sie bis zum Sonnenuntergang, zwei unfreiwillige Zeugen solch planetarer Demütigung.

Wenn sie gewollt hätten, hätten sie sich ein wenig vorbeugen können, um inmitten der extravaganten Blüten ihrer Zehen zu sehen, wie das Wasser die moosgeäderten Klippen säumte, wie der Wind säuselnd auf den Muscheln, diesen Lippen des Strandes, spielte. Doch Jeremia weinte: »Marias Opfer hat nichts gebracht, trotz ihrer großen Schönheit und ihres Glaubens, der tausend Glockentürme von Kirchen wert war. Schon vergessen, trägt sie der banale Strom des Todes hinfort hinter die Weiden und Nebel, weit fort von meinen Lippen, mit einem Schluchzen ohne Fenster.« Der Mörder schien einen alten, hornfarbenen Traum zu streicheln. »Die Religion ist ein Gemeinschaftswerk«, sagte er apologetisch, und es sah aus, als würde der Mond, dieser eisige Besucher der Meeres- und Sternenwelten, den untröstlichen Mann von seiner Sitzstange herunter verspotten.

Jeremia küsste den Mörder auf sein vom Lachen zerfressenes Gesicht, dann lenkte er seine schweren, unsicheren Schritte zur Stadt hin.

Die tote Maria schien die ganze Luft aus dem Zimmer zu saugen. Zwischen den Ameisen lag sie hingestreckt auf dem Boden, wie gestärkt vom letzten Schweiß. Selbst die Möbel schienen Abstand von ihr zu halten, und eine scharfe Bö, die nach Schimmel roch, wirbelte den Staub durcheinander. »Wir müssen sie begraben«, sagte Anna, »in den drei Tagen des Zusammenlebens ist sie immer mehr angeschwollen. Außerdem kann ich unmöglich mit so etwas vor mir kochen.« – »Gut«, sagte Jeremia, »wer benachrichtigt die Waise?« – »Lass den grässlichen Papagei in Ruhe«, antwortete Anna wütend. Jeremia delogierte eine Ameise, die auf dem öligen Mund der Toten auf und ab lief, und sagte: »Wir müssen jetzt schweigen, denn es ist vollbracht. Die vorangegangenen Etappen zerbröseln hinter uns wie abgetragene Kleider. Die wesentlichen Abschnitte unseres Lebens bedürfen der Stille als Sprungfeder.« Während Anna auf dem Gaskocher das feierliche Abendmahl zubereitete, wurde das Schweigen im Zimmer beklemmend, das Licht flackerte unnatürlich. Nur der alte Mann zog seine Schau ab.

Im Schlachthaus stand der Mörder vor einem noch warmen Kalbskopf und versuchte, sich zu konzentrieren. Wie Kokosnüsse hingen die blutleeren Kadaver der geköpften Ochsen herab; die Wände klebten vom Blut der Schafe; zwischen den Tieren mit den befruchteten Genitalien drängten sich die Oberaufseher hindurch. »Man darf nicht schlampen bei der Arbeit«, sagte sich der Mörder. Zum letzten Mal betrachtete er das schwache Kalb mit seinen Augen, die wie Gedärme aufgerissenen waren, und seinem stillen Todeskampf. Dann warf er sein Schwert und den silbernen Schild von sich und ergriff im Laufschritt die Flucht. Er hatte entdeckt, dass er die Mentalität eines Kannibalen hatte.

»Ich habe eine Tote im Haus. Ich muss sie nutzen, um die Nachbarn zu verblüffen und meinen Kredit bei den Händlern zu erhöhen. Man muss sich dieser Auszeichnung würdig erweisen. Ich werde meine Seele in einem Bad frommer Disziplin ausschwitzen; so wird die Tote, wenn die Verwesung ihren Höhepunkt erreicht hat, in einer Feuerwolke abtreten können – mit der lebhaften Erinnerung an einen gastlichen Freund. Wer weiß? Vielleicht überlässt sie mir ihren Reisepass.« Der Mann blieb neben einem Baum stehen, der mit einem sorgfältig gespitzten Finger Sonette in den Himmel schrieb. Dann lief er weiter. »Man wird sie begraben müssen«, sagte er mit der großen Zärtlichkeit der Fratzenschneider. Wenn er jetzt so darüber nachdachte, erschien ihm die übliche chronologische Reihenfolge der Beerdigungen voller künstlicher Steifheit. »Garben heiligen Feuers«, keuchte er und wich nur knapp einer Pfütze aus, »Pferde in Federkleidern, deren After mit rotem Pfeffer beschmiert ist, ihre Mähnen verhüllt mit Regenvorhängen; Wind in den Hecken, die die Straße säumen; ein eingeschlafener Kutscher, ein Ministrant, der eine Kerze hält, eine gelbe Margerite, ein Regenschirm.« Mit einem karierten Taschentuch wischte er sich die Tränen aus dem Gesicht und sagte, während er die helle Stelle des Meeres zwischen den Trauer tragenden Felsen betrachtete: »Das ganze Hotel wird in

Festtagskleidern kommen, um sich die Augen auszuheulen; ich werde mich nicht rasieren; ich werde die Fensterläden schließen, damit ich die impertinenten Segel der Thunfischkutter nicht sehen muss; ich werde sie nachts beerdigen.« – »Mit der Hilfe eines Priesters?«, fragte eine interessierte Stimme. Der Mörder drehte den Kopf, ohne deswegen seinen Lauf zu verlangsamen, und sah, dass ein kleiner Mann neben ihm hertrabte. Es war ein kahlköpfiger Mann mit rundlichen Hüften, der mit unruhiger Hand die Zipfel seines Jacketts vor sich hertrug und etwas Trauriges in den Augen hatte. Der Mörder machte mit seiner Zunge ein leises, trockenes Geräusch, und seine Beine kamen zum Stillstand. Wie er da so ragte, wirkte er noch größer und schrecklicher. Der kleine Mann musterte ihn und schauderte. Da nahm der Mörder die Nase des winzigen Zitterers zwischen zwei Finger und erwiderte wild: »Zweifellos ohne Priester! Sieht meine Fresse aus, als würde ich mich von einem Priester übers Ohr hauen lassen?« – »Du willst behaupten, dass Priester Diebe sind?«, fragte der kleine Mann mutig und atmete durch den Mund. – »Zu Ihrer Information: Priester stehlen die Toten vor den hilflosen Augen ihrer Familien«, sagte der Mörder angewidert und stieß den kleinen Mann gegen eine fensterlose Wand, wo er ihn mit einem milden Lächeln erwürgte. Sein Opfer ließ sich ohne Verwunderung fallen. Das Männchen mochte harte Schläge, da es seit seiner Geburt nur Pech gehabt hatte. Alles andere hätte es betrübt.

Ein Katzenschwanz streckte sich im Schatten eines Mülleimers, ein Blatt flog davon, eine Frau mit Brüsten, die von der Hitze plattgedrückt waren, warf ihre Abfälle aus dem Fenster und sah den kleinen Mann in der Regenrinne, besiegt, aschfahl, tot. »Sie Trunkenbold, Sie haben den Lehrer getötet. Eine ganze Generation wird nicht lesen und schreiben lernen; unfruchtbar werden sie als Banausen erblühen und sterben.« – »Ich bin nicht betrunken«, grummelte der Mörder und zündete sich eine Zigarette an, »er hat mich mit seinen Fragen genervt.« Er zog einen Kamm aus seiner Tasche und kämmte sich todernst die Haare. »Ich hatte es eilig«, erklärte er. – »Komm mich besuchen, wenn du es nicht mehr so eilig hast«, erwiderte die Frau und schloss krachend ihre Jalousien. Der Mörder setzte sich wieder in Bewegung. Er mochte weder die großen Hängebrüste der Frau noch die Spitzen, die über das Fleisch gebreitet waren, das darunter zu erahnen er Zeit gehabt hatte, noch mochte er die zusammengekniffenen Lippen oder den Krieg. Nie war ihm eine Straße so lang vorgekommen; sie lief an seinen beiden Seiten wie ein Film ab, wie ein winziger Film, der sich andauernd wiederholte: die rauchgekrönte Fabrik auf dem Hügel; der Glatzkopf mit den verwaschenen Kleidern, der tot in der Regenrinne lag; die Frau am Fenster, die bereit war, sich ihm hinzugeben; strohgedeckte Häuser, die nach Gebärmutter rochen; Mauern, die Fabrik, der kleine Mann … Der Mörder verschränkte die Arme und blieb stehen. In diesem Moment lieferte er sich eine

Art Stierkampf mit dem Unsichtbaren. »Wir müssen schlafen.« Er legte sich auf den kleinen Mann. »Wenn man verzaubert worden ist, muss man schlafen, damit man vom Bösen vergessen wird.« Er schloss die Augen. Der kleine Mann umarmte seinen Peiniger zärtlich, er war weiblich in seinem Kadaverschmerz; das Wasser aus der Regenrinne lief ihm unter den Achseln durch; er hatte Teil an einem ewigem Glück.

Die Frau öffnete ihre Jalousien wieder, sie summte:

Komm, denn mein Bett ist verlassen
Komm, denn die Nacht vergeht
Komm, kleiner Mann, komm eilig
Komm, denn meinem Bauch ist langweilig

Doch der Mörder machte eine Kuhle in den weichen Körper seines Opfers und seufzte mit der ganzen Inbrunst der Glückseligkeit. »Soll sie doch woanders suchen, die Schlampe, heute Nacht schlafen wir unter Männern.« Seine Seele, die bislang von der widerlichen Substanz der Erde eingeschlossen gewesen war, Teil und Teilchen der Menschenmasse und des Drecks, kappte die Leinen und schwamm mit der Seele des kleinen Mannes Arm in Arm in die Nacht hinaus.

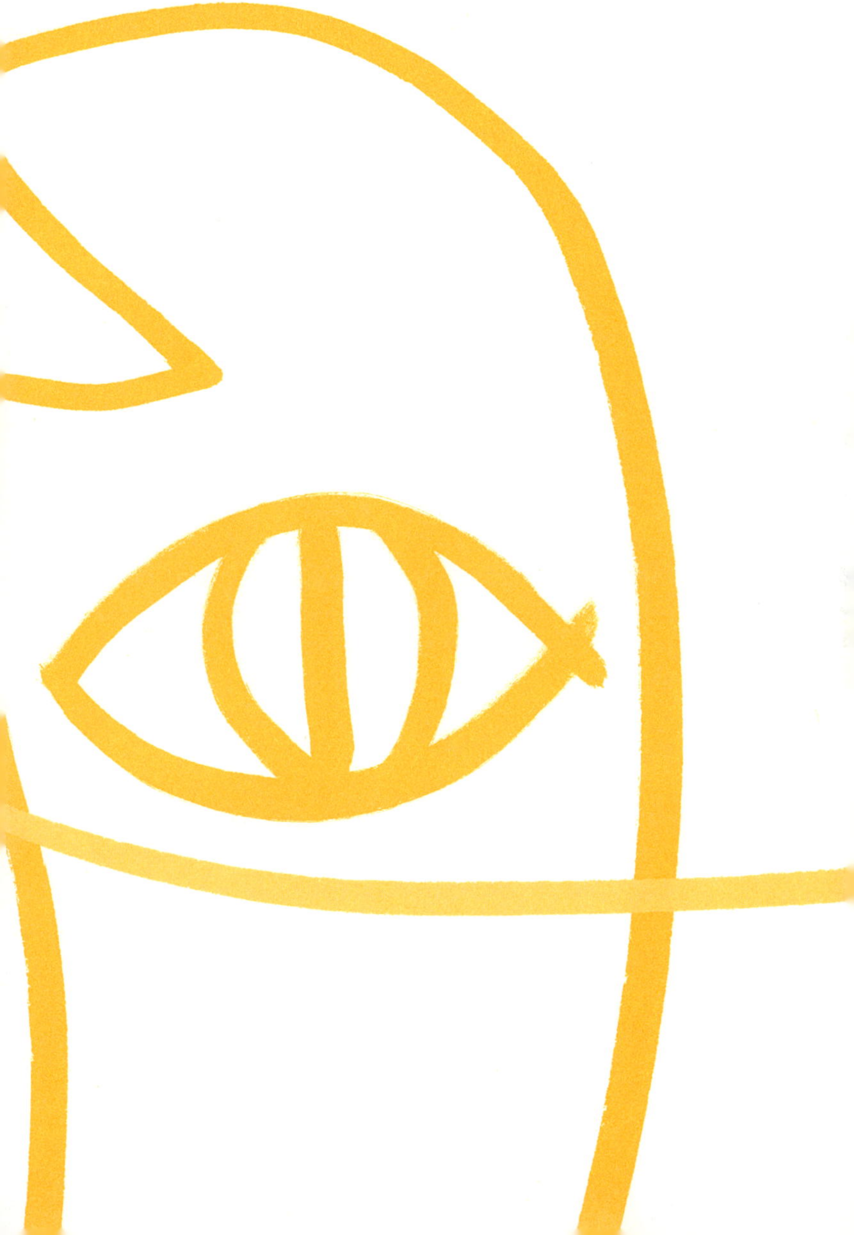

Jeremia begann seine Reisen im Morgengrauen. Er vermisste den Frühling, die Sonne, wenn sie warm im Wolkenlosen hinter den Klippen aufgeht, den guten Geruch gelangweilter Kühe, herangetragen vom Ostwind, die Blumen, die im Dreck stehen und darauf warten, dass man zwischen zwei Zungenschlägen hastig ihren Rock umstülpt. Jeremia war ein Maienkind. Der Wind teilte sein Haar an den Schläfen wie eine Flutwelle, tausend Löckchen spritzten in seine Porzellanaugen; es war Winter, es war kalt, schmutzig, schwarz, richtiges Stadtwetter eben. »Ich verkaufe eine Seele, und zwar die meine. Ich werde meine Erben in keiner Weise schädigen, wenn ich sie verhökere. Ich bin frei in meinen Handlungen, und im Grunde würden alle meinem Beispiel folgen, würden nicht die Gesetzeshüter jeden, der dieses lukrative Geschäft betreibt, verbannen«, knurrte er und verpasste seinem riesigen Hintern einen Tritt, bevor er seinen Weg nachdenklich fortsetzte. Die blasse Wintersonne bildete ein Gegengewicht zu den heftigen Ängsten seiner Träume; er ahnte seinen baldigen Tod, und obwohl er wusste, dass seine Zukunft sich verflüchtigte, lächelte Jeremia wie ein Honigkuchenpferd.

Am Eingang der Stadt sah er eine Gruppe armer Leute. Sie waren in klägliche Lumpen gekleidet, die sie auf den Schlachtfeldern gefunden hatten, Überbleibsel der verschiedenen Armeen, die jeden Sommer über das Land herfielen, weil sie nach einem himmlischen Kind oder einer Ölquelle suchten. Sie schleiften einen Mann an den Füßen hinter sich her, und der Schnee, den die Leiche pflügte, schien von den flüchtigen Fingern eines Regenbogens gesponnen. »Die Furcht vor den Feinden und die Härte des Winters haben die Herzen meiner Landsleute erkalten lassen«, dachte der Alte. Er hob eine prophetische Hand. Die schäbige Menge starrte ihn an, ohne den leisesten Versuch, ihm zu gefallen; alle waren bleich unter ihren Mützen und hatten böse Augen. »Bist du von der Polizei?«, fragte der Stärkste und spuckte einen Blutbrocken auf seinen von der Kälte marmorierten Handrücken. »Nein«, antwortete Jeremia, »ich bin gebürtiger Richter.« – »Habt Ihr Hunger, Herr Richter?«, fragte ein Mann, der in einer Gartenlaube aus Wolle steckte, und schloss ein Auge, weil das andere eiterte. »Denken Sie nur, Fleisch, mitten im Winter!«, rief ein Jugendlicher. Ein Dritter sagte: »Frühgemüse, meiner Seel.« Jeremia blickte zum Himmel und maß den Zorn der wachhabenden Götter mit seinen Blicken. »Verurteilen Sie uns nicht, Herr Richter«, flehte ein anderer ganz leise, und Jeremia sah, dass er weinte. »Wir haben diesen Mann tot in der Regenrinne gefunden, drüben in der Stadt. Er gehört niemandem, das ist sicher. Wäre er sonst auf der Straße gestorben? Wir werden ihn essen, damit er für immer ein Teil der Menschheit bleibt. Unsere Familien hungern. Kein Körperteil, kein Knochen wird den Hunden vorgeworfen werden. Wir werden keine Verschwendung oder Gotteslästerung dulden.« Der Wind nahm an Stärke zu, und die Elenden zitterten vor Schwäche; der tote Körper im Schnee sah blau, wie er war, wie eine Himmelspfütze aus. »Alles ist besser für eine Leiche, als einem Stück Abfall gleich in der Gosse zu treiben«, erklärte eine Frau, die ihre Zähne mit einer Feile aus Weißblech schärfte. »Ich verurteile euch nicht«, sagte Jeremia, »wenn keine andere Nahrung vorhanden ist, ist das Verspeisen von Toten erlaubt.« Endlich konnte die Menge aufatmen, und die Sonne durchbrach den Nebel mit einem einzelnen goldenen Strahl. Die Menschen gingen ihres Weges; der Mörder, den sie an den Knöcheln hinter sich herzogen, folgte ihnen in Richtung Suppe. Wattiges Weiß bedeckte ihre Spuren, und die Götter versammelten sich wie Fliegen um das Opfer. Jeremia bekreuzigte sich und wehrte sich mit lascher Hand gegen die unredlichen Vorschläge seiner Fantasie; der Anblick des Blutes grauste ihn, es war möglich, dass er die himmlische Etikette vergaß, die Verschwender ächtet. Eine kräftige Staude war auf seinem Oberschenkel erblüht, denn seine Träumerei, welche die verschneite Leiche ausgelöst hatte, war grausam präzise ausgefallen. Nur mühsam beherrschte er sich und wandte sich zur Kirche. Er hatte die feste Absicht, ein paar Brosamen zu erbetteln, um sie in die dünnen Schläuche seiner Därme zu stopfen. Unaufhörlich verkündeten diese lauthals ihre Verzweiflung, indem sie sich jämmerlich krümmten und miauten.

Als er in der Kirche angekommen war, ging er ohne Umstände zum Angriff über. Wie ein Unglücksrabe, der sich über sein Nest bückt, aß Jeremia direkt vom Altar. Er hob die Augen nicht zum Universum in seinem göttlichen Mantel aus Schnee, er grüßte nicht den Geist, der in jedem der bronzenen Kerzenhalter atmete. Schweigend fraß er Hostie um Hostie, Filet um Huhn, Schwein um schwarzen Hahn, und die liegenden Figuren, die bis zum Kinn in ihren Steinen steckten, beobachteten ihn unter ihren Wimpern. Ein Mönch beobachtete, wie das Blut des Hahns durch die Finger des Alten tropfte. Er war in ein lächerlich eingelaufenes Peplum[2] gewandet und versteckte die Arme in den Ärmeln. Blauer Rauch wallte um seine Tonsur. »Ist das Heiligkeit oder ein Furz?«, fragte sich Jeremia. Er lutschte an seinem Daumen, weil sich das Bratenfett unter den Fingernägeln versteckte und er schreckliche Angst hatte, sich das Fleckfieber einzufangen. »Wo das Fleisch fehlt, fehlt auch der Geist und manchmal auch umgekehrt«, sagte der Mönch, »geben Sie mir das Blut zurück.« Eine Taube, weiß wie die Reinheit der Persil-Werbung, versetzte die Flamme einer Kerze mit ihrem Flug und flüchtete mit einem hilflosen Schnarchen. Jeremia, den die Brise belebt hatte, riss sich zusammen. »Ich bin keine Frau, ich kann die Lippen nicht von meinem Geschlecht ablösen und das Blut gurren lassen«, antwortete er weise, »die Frauen schließen ihre Portale bis zu den Augenlidern, um ihre träge Kraft zu bewahren; sie ballen ihre Fäuste, sie beherrschen sich, sie sprechen mit geliehenen Stimmen. Aber dann kommt der Moment, in dem der Mond ihnen sein großmäuliges Gesicht zuwendet, und sie machen sich ohne Vorwarnung in die Hose.« – »Gib mir das Blut zurück«, wiederholte der Mönch. Jeremia spürte, wie seltsam Zähflüssiges um seine Füße zirkulierte;

aus grell bemalten Nischen spähten die Geister der Urzeit auf ihn herab. Hinter dem Altar leuchtete die leblose Linse auf, und der Mann, der immer noch auf die mystischen und althergebrachten Kräfte hörte, hauchte auf den patinierten Fliesen des Tempels seine Seele aus. »Hier sind die Vitamine der Liebe«, sagte der Mönch und rührte die traurige Mischung um, die wie eine steife Suppe unter seiner Sandale zitterte. Jeremia war glücklich und entspannt. Er spürte die Elastizität seines Bauches, atmete tief ein und aus und bekreuzigte sich mit Nachdruck.

Die Heiligen, die mit Gebeten an die Wände geklebt waren, standen überwältigt im Schatten, sie schienen zu lächeln. Der Mönch trat an den Alten heran und glättete mit seinen Handflächen die Hüften und die rauen Schenkel des Mannes. »Du wirst nicht mehr altern, Jeremia«, sagte er und hob das weiche Wollhemd hoch, »geh, die Toten warten auf dich.« Er sandte das Gerippe mit einer Geste in Richtung Tür. »Segne mich, Vater«, flehte Jeremia, »mein Name und meine Haut bleiben dieselben, trotz meiner Opfer und meines beispielhaften Lebens. Segne mich, auf dass ich rein werde; ich will nicht in den Trümmern meiner Bosheit sterben.« Der Mönch untersuchte Zunge und Puls des Alten: »Dein Name ist mittelmäßig rein; was deine Haut angeht, so wasche sie. Verlass diesen Ort der Halbwahrheiten, geh in die Welt hinaus und verteile die Sakramente deines Stammes. Ich segne dich, mein Sohn, denn du hast mich in hohem Maße getröstet.« Jeremia taumelte ins Licht; hinter ihm brach die vom

Wind der Jahrhunderte erbaute grüne Kirche unter dem Plätschern von Tränen zusammen.

Jeremia verließ die Stadt mit großen Schritten und fand sich schließlich auf dem Friedhof wieder, ohne dass er die Straße wahrgenommen hätte, die an ihm vorbeigezogen war. »Gesucht«, murmelte er, »ein paar Kilometer Straße von durchschnittlicher Größe, feldfarbenes Haar, wolkiger Teint, schlammige Augen, ohne Halsband oder Markenzeichen; hört auf den Namen Macadam[3].« Trotz der furchtbaren Heftigkeit seiner Gefühle war er ganz Herr seiner Worte.

Die Eiben, die vor dem Eingang des Friedhofs Wache standen, schienen den Regenbogen berühren zu wollen. Die Klageweiber sahen ihn durch einen Schleier aus Tränen, und wenn diese in die leinenen Taschentücher fielen, waren sie leicht mit Stickstoff parfümiert. Jeremia zog seine Schuhe aus und trat an die Trauergruppe heran, die murmelnd um ein offenes Grab herumstand. »Es gibt eine Hierarchie in Bezug auf die Grade der Trauer«, war er empört; denn während Anna offen weinte und schluchzte, husteten die gefiederten Pferde, die wie Zinnsoldaten im Hintergrund aufgereiht waren, nur demütig, wenn die Gefühle sie übermannten. »Das Meer grollt«, sagte Jeremia in einem Anflug von Mut; er war nur ein Bauer und konnte seinen Schmerz nicht vor Fremden ausdrücken, ohne sich zu schämen. »All das Schwarz ist so traurig«, schluchzte Anna, und die Welt verdunkelte sich für die beeinflussbaren Augen des alten Mannes: die Kleidung des Totengräbers, der stotternd im Wind stand, aufrecht wie eine Klapperschlange, die Krähen, die sich auf einem Grabstein um ein paar Würmer stritten, die Blumen, der Himmel. »Schwarz ist die edle, ewige Farbe; die Farbe des Drecks, der Hitze, des Lebens. Der Bauch meiner Mutter war mit schwarzen Tapisserien ausgekleidet, und mit jedem Heranströmen des Blutes breitete sich der Duft des Friedens über meinen Körper aus. Der Schmerz hingegen, mein eigener und jener der anderen, ist farblos, fade, er erstickt uns in seinen gleichförmigen Falten, er ist profan, besudelt uns«, erklärte Jeremia. Der Tod schien wie eine Flamme ohne große Begeisterung auf den Ästen zu tanzen und ließ seine Gelenke in wunderbaren, unkoordinierten Gesten knacken. Die Pferde senkten ihre Köpfe, und Maria wurde in die Erde gebettet. »Wie Fleisch auf Eis«, sagte Anna, und der Papagei, der glücklich war, an der frischen Luft sein zu dürfen, gackerte vor Vergnügen. »Man muss die Kuh der Unglücke hinter der Tür melken, weit weg vom bösen Blick der Nachbarn«, sagte der Totengräber und wischte sich die Stirn, »das Leben schwebt über dem Abgrund wie ein Blatt über einem See. Weint nicht, ohne den Grund eures Kummers zu kennen, nähert euch nicht dem Rosenstrauch, der von der Brise geohrfeigt wird; geht nach Hause, ihr Kleingläubigen, und verarztet eure Wunden mit Wein.« Er warf einen Erdklumpen in die Grube, dieser traf die begrabene Gestalt im Gesicht. »Betet«, sagte Anna schulmeisterlich, und alle bekreuzigten sich. »Sprechen Sie ein paar Worte, Herr«, flüsterte Jeremia dem Priester ins Ohr, »wir werden bezahlen«, und in der Stille, die darauf folgte, hörte man einen reifen Vogel sanft in den Schlamm herabplumpsen. »Maria«, sagte der Totengräber, »lenke deine Schritte in Richtung des Grauens. Folge der Fledermaus, der geflügelten Blume des Todes, sie wird dich von den Menschen wegführen, weg vom Vergessen.« – »Mehr, ich werde bezahlen, sagen Sie noch ein paar Worte«, ächzte der Alte. Der Totengräber krempelte die Ärmel hoch und sprach: »Geh zurück in die Wüste, wo sich die Stimmen in der Stille verlieren; versande im Morast des Traums, folge dem Tod, Frau, das Drama lebt nur durch die Helden; dunkel, wie er ist, wird dein Körper nicht mehr auferstehen.« Dann malte er mit einem Lippenstift ein Hakenkreuz auf das Kenotaph[4] und wandte sich an Jeremia: »Alter Mann, wirst du die Erinnerung an diese Frau in deinem Herzen tragen, in guten wie in schlechten Tagen, bis der Tod dich auf Abwege führt?« – »Ja«, sagte Jeremia und wischte sich die Tränen ab. Der Hausherr schien auf ein Zeichen zu warten, aber der Alte warf stolz seine Mähne zurück und sagte mit warmer Stimme: »Mehr kann ich nicht bezahlen.« – »Füllen Sie es auf«, befahl der Totengräber, und das Grab wurde aufgefüllt.

Der Alte blickte in die Sonne, die über den Bergen die Kiefernwipfel abgraste; sein armseliger Schädel hinderte ihn daran, voll und ganz an den Riten des Unglücks teilzunehmen, er fühlte sich wie ein Verräter an den Mysterien und furchtbar elend. So ließ er die zitternden Fühler seines Geschlechts über das Grab wandern und sagte mit gespielt natürlicher Stimme: »Sie war eine schöne Frau. Selbst leblos daliegend, im Kelch ihres Fleisches, ist sie begehrenswert.« Der Pontifex versenkte einen Stein in dem Schlamm, zu dem Maria geworden war, und sagte: »Heute hier, morgen ...« – »Morgen bis zu den Ohren im Meer«, hauchte Jeremia, während er sich mit einer alten Zeitung die Lippen abwischte, »jede Minute fällt ein Toter auf die Felsen.« – »Ein Toter ins Meer«, kicherte der Papagei, der in Erinnerungen an die Seefahrt schwelgte. – »Ja genau«, sagte der Totengräber, »die Klippen stürzen ein unter dem Gewicht der Jahre. Je mehr der Mensch gibt, desto mehr verlangt Gott. Man muss verlieren können, so ist das Spiel«. Dann zog er sich lässig in die Stille seiner grünen Höhle zurück, dieser Bastard mit niedriger Stirn und unheilbar gierigen Händen. Der Wind sauste durch die Beete und über die Gräber und streute überall verbeulte Kanister, Flugblätter und fettige Papierbälle aus. Anna hörte auf zu schluchzen, da die Zeremonie zu Ende war, und sagte: »Wo nur sind die Mörder von damals hin?« – »Ich kann mich wirklich nicht um jeden kümmern, der meinen Weg kreuzt«, erwiderte Jeremia, »jeder hat seine eigenen Probleme; ich zum Beispiel kann seit meiner Operation nicht mehr auf normalem Wege pinkeln.« Anna, deren Haar eines Botticelli würdig gewesen wäre und bis auf die Hüften herabfiel, ging mit dem Papagei zwischen den Gräbern davon. Beider Kleider wehten im Seewind, und ihr Haar war vom sinnlichen Geruch der Friedhöfe durchdrungen. Jeremia dagegen füllte seine Lungen mit Hoffnung und pfiff auf dem Grab, bis die Nacht hereinbrach. »Das Leben beginnt erst richtig in der Einsamkeit. Meditiere, geliebte Frau, atme die wimmelnde Lust der Leere, und wenn du am Ende nicht zu Gott durchdringen kannst, nimm den Teufel.« So überließ er Maria den dunklen Gezeiten des Lebens nach dem Tod.

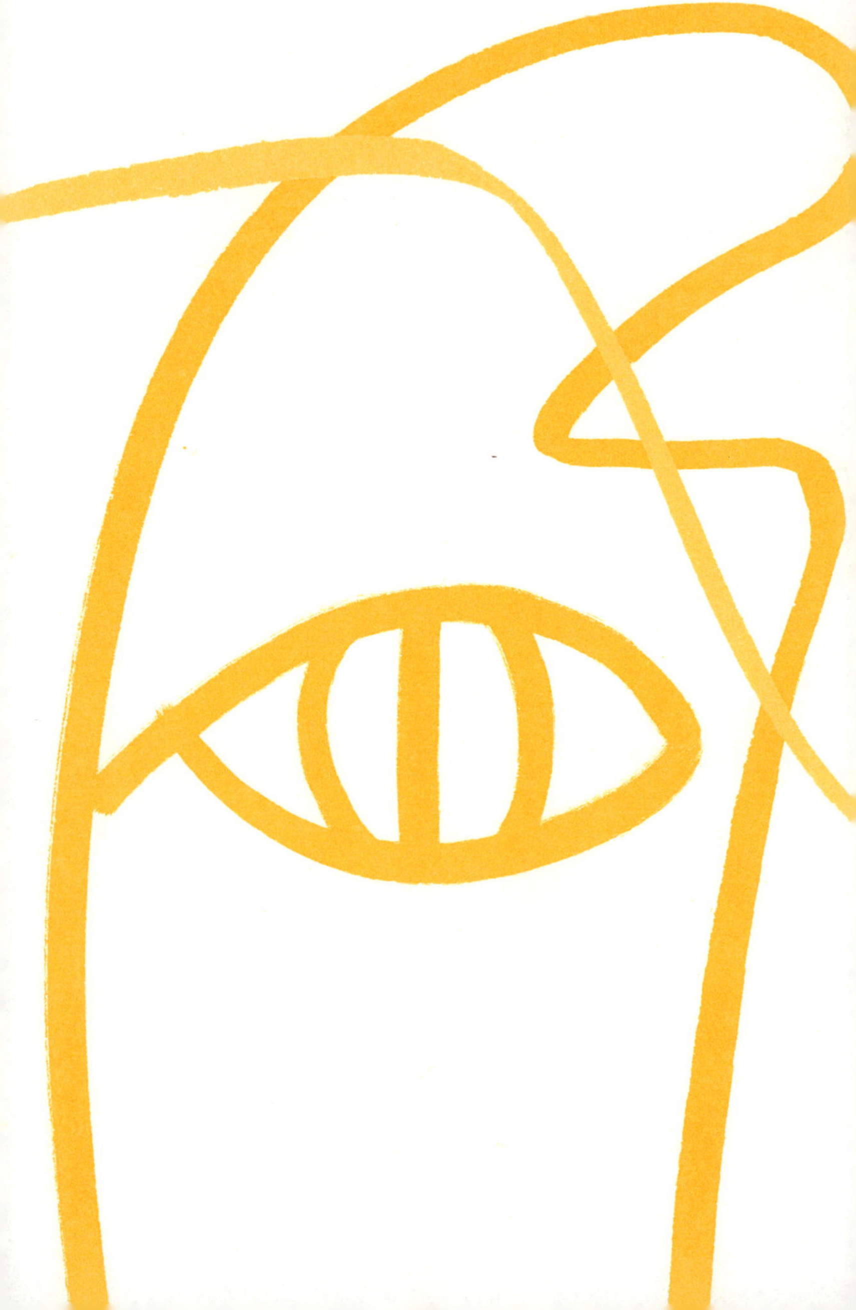

Zwei Tage nach der Beerdigung trafen sich Anna und Jeremia, allen Besitzes beraubt und mit einer unauslöschlichen Spur der Angst und des Schreckens im Blut, auf einer Bank vor dem Hotel. Plötzlicher Kontakt mit den Menschen aus der anderen Welt kann die Gesundheit des Geistes beeinträchtigen. Jeremia schnäuzte sich. »Anna, ich spüre, dass ein neues Leben seinen Anfang nehmen wird; ich sehe üppige Landschaften voller Sonne und Wein, die sich vor uns öffnen wie die magischen Flügel des Schmetterlings; Nächte voller Klarheit singen in der Ferne, gewiegt von unbekannten Meeren. Befreien wir uns von unseren Zweifeln, denn es ist nichts, zu zweifeln, vergessen wir die kleinlichen Perversitäten unserer Jugend; bauen wir auf. Verstecken wir unsere Laster in den nächtlichen Falten unserer Bettwäsche, suchen wir in uns selbst nach dem, was wir bisher vom Teufel geholt haben, opfern wir, denn man kann nichts suchen, wenn man nichts verloren hat. Ob wir nun Heilige sind oder Gotteslästerer, wir werden in jedem Fall krepieren, so können wir genauso gut auf der richtigen Seite stehen.« Anna, die still und schön war, schöner als zuvor, weil sie keine Rivalin mehr hatte, beobachtete den Schwarzen, der, auf einer biegsamen Leiter sitzend, mit ausladenden Gesten und viel Wasser die Fenster des Hotels polierte. »Sie sehen aus wie die spiegelnden Facetten eines riesigen Eierstocks«, sagte sie, und der Schwarze tauchte seine Lippen in den Honig tiefer Heiterkeit. »Antworte mir, Anna. Lass dein Herz sprechen«, sagte Jeremia gereizt.« – »Was willst du von mir?«, antwortete seine Enkelin.

Sie spielte mit dem Gedanken, Urlaub zu nehmen, denn das Geschlecht des Schwarzen schien ihr wie ein Handschuh zu passen. Sie hatte schon immer eine Vorliebe für die Farbe Lila gehabt. »Antworte, Anna«, drängte der Alte. Die Frau schüttelte ihr Haar: »Um eine Heilige zu sein, muss man Gott kennen«, sagte sie. »Ich kenne nur den schwachen Lichtschein meines Bauches, spüre keine Bewegung, außer die der Erde, ich bete nichts an als den Schlamm, der meine Füße in seinem warmen Schoße formt, und fürchte nur den Wind, der sich in meinen Innereien bewegt und die Unendlichkeit mit seinem Schrei vertreibt; ich kann deinen Wunsch nicht verstehen, Großvater, ich kann keine Heilige sein. Ich bin schwanger, aber ohne Zärtlichkeit, ich werde das fruchtbare Ungeziefer töten, das meinen Bauch aufblähen wird; bar jeder Kultur und Neugier will ich nichts lernen; Großvater, ich bin nur eine Frau.« Jeremia erhob sich. Er war verwirrt. Seit Marias Tod hatte er seine Funktion als Berater verloren und spürte, dass der teuflische Verkehr um ihn herum zunahm; am Kopf einer Brücke stand er, die über ein dunkles Schicksal geschlagen war. Er fuhr fort: »Ich bin alt. Ich weiß, dass die Wahrheiten der Philosophen nichts mit der Wirklichkeit zu schaffen haben, daher verzichte ich darauf, mich zu jenen zu zählen. Ich werde dir folgen, Tochter, um in deiner Nähe zu sterben, und deine Finger werden meine Lider versiegeln, wenn das Leben in meinen Augen erlischt.« – »Stirb, wann immer du willst, es ist in Ordnung«, sagte Anna ungeduldig und zog ihren Rock über ihren mit

Eisen geharnischten Hintern. Der Schwarze warf der Frau einen feurigen Blick zu. Er ließ das Wasser an den Fenstern herunterlaufen und versuchte nicht, es aufzuhalten. Die Leiter zitterte. Jeremia hielt seine Nase in den Wind: »Hier riecht es brenzlig.« Anna schloss das ziselierte Gitter ihres Schambereichs, das für einen Moment offen gestanden hatte, wodurch das Aroma des Unaussprechlichen hatte entweichen können. »Lass uns reingehen«, sagte sie trocken. Jeremia seufzte, packte den Papagei am Schnabel und folgte ihr. Er war seines organischen Stützpunktes verlustig gegangen.

Der Schwarze wusch traurig die letzte Fensterscheibe: die Sonne strahlte nicht mehr zwischen den seifigen Fingern, und sein Geschlecht hing wehrlos an seiner Schnur. »Lächle«, sagte Anna, als sie unter der Leiter durchging, »wenn jemand so ein Geschirr trägt wie du, muss er es zur Freude seiner Mitmenschen auf Hochglanz polieren.« – »Es ist gut, für seine Nächsten zu leiden, das wärmt«, sagte Jeremia mit dem Gesichtsausdruck heimlichen Einverständnisses. Er wusste, dass das Einzige, was er noch zu Geld machen konnte, sein Lächeln war, und hoffte, sich mit ein paar gut platzierten Worten seinen täglichen Schlaf zu verdienen. »Ich liege auf der Markttheke der untergehenden Sonne«, sagte er sich, »ich werde nur noch in der Einsamkeit sündigen; ein trauriger, seniler Schatten bin ich, ich werde immer tiefer sinken, werde sabbern in der Furche der Frau, ein Abfall.« Der Schwarze machte eine Geste des Abschieds: »Der Himmel ist etwas für Egoisten, ich verzichte darauf.« Anna berührte Jeremia an der

Stirn: »Wir sind allein auf der Welt. Es gibt zwei neue Gespenster in der Finsternis.« Der Alte bekreuzigte sich, denn Marias musikalische Stimme schluchzte im Nebel auf den Klippen. Der Schwarze hörte auf zu lächeln, klappte hastig seine Leiter zusammen und galoppierte davon. Seinem Penis folgend war er in den Vorhof der Hölle geraten und hatte sich sehr gefürchtet. »White folks!«, sagte er angewidert, und als er in das Getümmel der Hauptstraße trat, brach er auf dem Bürgersteig zusammen, denn seine Beine hörten nicht auf zu zittern.

Jeremia brachte sich wie jeder Eiferer nie in Gefahr. So kam es, dass er nur ausweichend antwortete, als der Engel ihn beim Namen rief. »Es ist besser, vorsichtig zu sein«, sagte er sich. Er hatte die Fähigkeit zu sprechen nicht verloren, aber die Lust darauf …

Der alte, träge Mann war schläfrig. Im Zimmer war es warm, weil Anna das Gas angelassen hatte, und ein guter Suppengeruch schlängelte sich in Spiralen an der Zimmerdecke herum. Draußen schwappte das schlammige Meer des späten Nachmittags über den Sand; zwischen den Wellen hielten Einsiedlerkrebse auf der glänzenden Haut des Strandes pseudopolitische Versammlungen ab. Wolken schwebten herum, sie waren glücklich. In einer Ecke des Zimmers saß der Papagei, in der anderen Jeremia in Mantel und Socken. »Die Krankheit«, gluckste er – er war dabei, Masche für Masche das Bild seines Lebens zu stricken –, »alle Vegetation, jeder Sonnenfleck, jeder Mensch und jedes wilde Tier verrotten am Ende; die Straßen bekommen Wundbrand, sogar die Steine sterben ab. Mit den tausend Jahren des Elends, die in meinem Herzen eingemauert sind, und meinem fröhlichen Lächeln bin ich ein Wunder.« – Dann wandte er sich an den Papagei: »Küss mich, mein Kind, dieser Mensch ist müde.« Der Vogel schloss ein Auge, um besser zielen zu können, und drückte dem Patriarchen einen Kuss auf die Nase. Für einen Moment leuchtete die heilige Fackel der Nächstenliebe im Zimmer auf, dann verschwand sie spurlos wie ein Lichtkrampf. Gut geölt schlossen sich die Augenlider des Alten, der Papagei spuckte apologetisch in seinen Spucknapf, ein Nachbar schloss seine Tür mit einem Knall. Da kam der Engel aus seinem Versteck hinter dem Waschbecken hervor und sagte, während er sich den Staub abklopfte: »Feuer salzt und schwärzt.« Jeremia öffnete ohne Eile die Augen, betrachtete das fleckige Gewand des Besuchers und sagte: »Wenn Sie gekommen sind, um mich zu holen, verschwenden Sie Ihre Zeit; ich bin bei bester Gesundheit. Nehmen Sie den Papagei.« Der Engel in seinem Kleid aus Seide und Feierlichkeit antwortete nicht. Jeremia schnäuzte sich nervös zwischen zwei Fingern und sagte: »Drängen Sie mich nicht, ich habe einflussreiche Freunde in der Stadt.« – »Kommen Sie«, sagte der Engel einfach und hisste eine von Sünden befreite Hand, – »Adel verpflichtet.« Jeremia zuckte zusammen, der Stachel der Angst hatte seinen Anus durchbohrt. »In wessen Namen?« Er war in seiner Jugend Götzenhändler gewesen, er kannte das Geschäft. – »Pharisäer«, antwortete der Engel; eine Taube, die um seinen Heiligenschein herumflatterte, zerzauste ihm die Haare und machte sich aus dem Staub. Jeremia warf dem Engel den Papagei in die Arme: »Nehmt den Papagei«, wiederholte er störrisch. Der himmlische Besucher betrachtete den Großvater mit den schaumgebremsten Augen der Kindheit; er dachte, dass die Freuden der Grausamkeit vielfältig sind und vom Gesetz gedeckt. »Noch nicht«, schluchzte Jeremia, »in meinem alten Körper sind noch gute Jahre verborgen. Ich bin zwar nicht mehr schön anzusehen, weil mich die Zeit mit ihren leisen Fingern zerknittert hat, aber innen bin ich noch gut; der Saft steigt auch immer noch bis in meine Kehle. Ich habe noch alle meine Zähne.« – »Sie werden erwartet«, sagte der Engel und quetschte den Vogel zwischen seinen langen, sich verjüngenden Fingergliedern, bis das Gefieder schwarz wurde und die Beine wie Wurzeln herunterhingen. Erstaunt von der Milde der Nacht, ließ sich der Papagei wie Staub in der fauligen Luft des Vergangenen ausstreuen. »Ich kenne Sie nicht«, flüsterte Jeremia, der zwar beeindruckt, aber nicht vom Tod des Papageis überzeugt war; »der Geist ist Nachtigall, nicht Papagei. Hauen Sie ab! Bevor Sie kamen, war meine Verdauung in Ordnung und die Stunde klar. Die Weite der Fluten wird den Blutgeruch, der aus Ihren Kleidern strömt, nicht ertränken. Die Hölle wird nicht über mich obsiegen, gehen Sie weg!« Der Engel ergriff die Flucht. In seiner Eile zerbrach er eine Fensterscheibe und vergaß seinen Hut. Er war aufgeregt, aber unfähig, die richtigen Worte zu finden, er hätte sich mit der Tradition behelfen und sich mit ein paar kräftigen Handschlägen und feuchten Küssen aus der Affäre ziehen können; aber er war ungeduldig und herzlos. Ein Anfänger. »Ich werde meinen Meister durch Geduld zermürben«, murmelte er. Er stellte sich immer auf die Seite des Stärkeren. »Nur keine Geschichten«, lautete sein Motto.

Selbst in der Bedrängnis vergaß Jeremia nicht, seinen Klappzylinder abzulegen. Dann, nachdem sich sein Kiefer unwiderruflich geschlossen, nachdem er seine Zunge und seine Gedanken um den Pol seines Unterbewusstseins geschlungen hatte und sein Gehirn unbeweglich und gespalten war wie eine Orange, die das Kreischen des Messers aufspringen hat lassen, verstarb er nach zwei Stunden des Leidens und dreimaligem Ausspucken.

Anna schloss die Tür zwischen sich und Jeremias Leiche. »Das Unglück ist eine Schwäche.« Sie stellte ihren Einkaufskorb ab, ging durch die angrenzende Halle des Hotels, in der die Bilder auf Halbmast hingen, schloss eine weitere Tür hinter sich und trat mit leeren Händen auf die lärmende, grelle Straße hinaus.

Eine Stunde später blieb sie auf der Schwelle eines Kaufhauses stehen und knetete voller Inbrunst ihre Brust. Sie spürte, wie der erste Ansturm des Frühlings ihre Bluse bewegte. »Ich bin frei. Aus dem banalen Boden des Schreckens gerissen, sterben meine Wurzeln ab. Ich bin frei, von meinen Toten zu leben, meine roten Blutkörperchen abzuwiegen, jede Zelle zu kennen, die leicht erzittert, die Tiefe meines Schädels zu ermessen, die Trancen meines Bauchs auf den eisigen Bänken des Gesetzes zu beruhigen«, dachte sie. – »In der Tat ist alles vernichtet«, sagte der Engel, der in seinen heiligen Schein aus Silberpapier gekleidet war und würdevoll auf dem Ast eines bis an die Zähne bewaffneten Nadelbaums hockte. »Du bist allein auf der Erde zwischen den Kühlschränken und den Wachsfiguren mit ihren elastischen Hintern. Die Toten verwelken in ihren Bruchbuden, die einen werden von dem Schnabel jenes Aasfressers namens Mond verschlungen, während die anderen, die ihren Abgang verpasst haben, langsam in der schwarzen Stille am Rand der Weltveranstaltung ersticken. Magst du die Einsamkeit?« Ein Bienengeschwader flog vorbei und hinterließ eine Wolke goldenen Staubes. Anna erinnerte sich voller Schmerz an Maria, wie sie von Würmern zerfressen in der Achselhöhle der Erde kauerte. Sie brach sich in zwei Hälften und spie das gesalzene Wasser des Mitleids: »Ich will leben«, sagte sie mit Nachdruck, »ich ziehe die Liebe der Ehre vor«. – »Ohne Menschen? Ohne Brot? Ohne Sauerstoff?«, fragte der Engel, während er mit einer Feder seine Fingernägel reinigte. – »Ja«, sagte Anna. Der geflügelte Mann lauschte lange dem schweren Schritt der Stille, bevor er zurückgab: »Eines Tages wird der Schöpfer das Antlitz der Welt verändern. Die durchgestrichene Partitur, als welche die Geschichte bezeichnet werden kann, wird gelöscht; vernichtet die Sternenarchitektur der Päpste; umgestülpt die Meere; verschlungen die dummen Gipfel derer von Savoyen. Alles wird verschwinden, alles wird verwandelt. Wo jetzt faul die Ozeane liegen, wird es Berge geben, die noch von schwelenden Gedanken rauchen; Krater werden im Herzen der Landschaften gähnen; Teufel, glatt wie die beweglichen Aale, werden auf den Wogen untergegangener Köpfe wandeln und vor dem Sturm triumphieren. Alles wird dir vertraut und doch fremd erscheinen; du wirst im finstersten Dunkel der Nacht umherirren; unbefriedigt wirst du versuchen, die Grenzen des Universums zu umarmen, nur um immer wieder in das lärmende Durcheinander des Chaos zurückzufallen. Nur einzigartige Götter mit schrillen Stimmen werden dann noch ruhig und furchtlos über die Strände gehen, tausende Schöpfungspläne unter dem Arm. Denk nach, Frau, was wirst du auf Erden tun?« Anna lachte laut und antwortete mit ihrem Geschlecht, diesem weiblichen Zusatzgehirn: »Ich werde durch die Städte flanieren, die man nur bei Sonnenuntergang besucht, ich werde ein buntes Leben narzisstischer Tiere erträumen, der Wind wird die Haut meiner Gebärmutter straffen, ich werde die Welt neu bevölkern.« Der Engel wusste, dass Selbstsucht Unglück bringt, er schüttelte sein feines Lichthaar und sagte: »Siehe, der Teufel.« Anna folgte seinem Gedanken und sah einen Mann, der zwischen aufgedunsenen Früchten an einer Bananenstaude hing; die Zunge schlenkerte hin und her, die Füße waren von den Nägeln des Nichts durchbohrt. Die Frau widerstand diesen Angriffen des Wahnsinns mit geballten Fäusten und drehte sich um, siegreich trotz ihres Entsetzens; der Engel war verschwunden. Er hatte seine letzte Karte ausgespielt.

Und nun erinnerte sich Anna an alles. An die Jahrhunderte der Schwerter, an blutige Geburten, musikalische Explosionen, ihre Jugend, an Träume, verpasste Flüge, Essen … Sie schlüpfte aus ihrer Miederhose, weil der Knebel ihrer Gebärmutter sie störte. »Ich bin der Angriffe des Mondes überdrüssig«, sagte sie zu sich selbst. Sie geriet in den driftenden Strom der Planeten. »Jetzt hat der Zeitenlauf seinen Hosenstall zugeknöpft«, dachte sie überwältigt. Sie ließ die Berge, Krücken, Kaffeetassen, Kadaver, Bäume, Spiegelschränke, Frösche,

Aaskäfer, Taxis, Puppen, Ochsen und Eier sowie eine Schar von Heiligen mit verkümmerten Stimmbändern durch ihre Finger rinnen und fiel lautlos in den Staub. »Auszeit«, flüsterte sie, »komm jetzt, Nacht.«

Da machte Gott seinen ersten großen Schritt auf die Erde, vorsichtig, denn seine Knie schlotterten. Er hatte sieben Tage Arbeit vor sich, und die Schlange wartete hechelnd darauf, dass das Wort geboren ward.

2.
Sonntagskrämpfe

Der reine Schrecken trifft die Wahrheit wie ein Blitz. Die Bauern hatten Angst vor Hiob; niemand hatte gesehen, wie er sein Brot brach, und es war bekannt, dass er seine Abstammung in den schändlichen Falten alter Hosen verbarg. »Er ist verrückt«, sagten sie, und man konnte hören, wie ein Kiesel des Mondes am Ufer zerbarst, »völlig verrückt«, und die Landschaft vernebelte sich in einem gewaltigen Windstoß.

Hiob wanderte oft über die Klippe und murmelte die Spitzfindigkeiten eines Wahnsinnigen, um den langen, trägen Lauf der Stunden zu unterstreichen; er schleppte seine Gliedmaßen zwischen den Gräbern herum, lobte die göttlichen Werke und stellte sich voller Freude vor, wie die Fische im tosenden Wellengang zusammenstießen, froh darüber, zu leben und waagrecht zu liegen. Er hatte eine Vorliebe für die Grabmäler der Menschen am Meer, die sich hinlegen und die Wellen zählen, den Kopf zum Wasser, die Füße schön warm unter dem Kreuz. Wie alle Kinder der Erde vergewaltigte der Narr die Natur, ohne es auch nur zu merken. »Geht zum Teufel mit euren Mündern, die verdorrt sind vom allzu vielen Zählen; mit euren verdrehten Hälsen, eurer bläulichen Verwesung!«, schrie er an einem Osternachmittag und verwüstete den Friedhof mit einer Reitgerte. Die Bauern, die Zeugen des Vorfalls wurden, flohen heulend: »Das ist kein Mensch, das ist ein Feuerwerk.«

Hiob, der arm war, liebte Tiere. Er besaß saubere Luft, und das wars denn auch schon, abgesehen von seinen vier Gliedmaßen und seinem Mund, den erstarrte

Blitze furchten. Niemand kannte seine Herkunft, er hatte sich immer schon so dahintreiben lassen; wie ein Wrack streifte er durch die Wälder und Moore, immer bedroht von der sich ausbreitenden Stadt, traurig wie eine Gezeit. Durch Schicksal oder eigenen Entschluss war er Einzelgänger und ohne Gewohnheiten. Ein Narr.

Selbst die Kaninchen kannten ihn und ließen sich fangen, ohne sich allzu sehr zu zieren; die Hirsche, diese ewigen Wanderer, die von leicht fließenden Tränen geblendet werden, schnurrten, wenn er vorbeikam, und in den Flüssen wartete der reisende Fisch darauf, in einer klebrigen Mund-zu-Mund-Beatmung die Musik aufzusaugen, die wie ein Geysir aus seiner Kehle strömte. Als geheimer Schutzgeist und unsichtbarer Kamerad hatte er die Natur gezähmt.

Eines Tages besuchte ein Zirkus die Stadt mit seinen abgestumpften, gipsgesichtigen Clowns, Pferden in Sonntagstracht und Akrobaten; hinter Eisengittern gab es Löwen, Tiger, Affen und Riesenfrauen. In der ersten Nacht streifte Hiob nur um die Käfige herum und litt mit jedem Tier, das grunzte, grunzte selbst, trunken von den beißenden Dämpfen der Gefangenschaft, den Schleim des Ekels auf seiner Zunge.

In der zweiten Nacht lauschte Hiob dem pfeifenden Atem der ruhenden Bestien und floh unter Schluchzen; er schaffte es nicht, an sich zu halten, weil sein Penis seine Segelkappe zerriss und schwarze Butter über sein Bein lief. In der dritten Nacht schob er seine Hand zwischen die Gitterstäbe und schnitt den Gefangenen mit der flüchtigen Zärtlichkeit einer Musiknote die Kehlen durch. »Das Blut der Tiere muss frei sein.« In anderen Nächten beschwor er die Wellen der Angst, die aus der Stadt heraufstiegen, wenn der Mond seine Umlaufbahn beschloss, und die Klagen der zum Todeskampf verurteilten Menschen schienen seine gequälte Seele zu beruhigen. »Leidet für jedes getötete Tier, das verschwendet wird wie ein Lichtstrahl im Auge des Blinden. Leidet für die Pferde, die im Lärm ihres Galoppierens schreien, für die Unterwürfigkeit der Horde, die jeden Tag in der stillen Panik der getäuschten Opfer zum Schlachthof geführt wird. Weint um dieses Blut, das im endlosen Seufzer des Nichtverstehens vergossen wird«, rief er in einem Anfall der Verzweiflung.

Hiob liebte Frauen fast genauso wie Tiere. Er hob den Rock noch des kleinsten Mädchens, um mit offenen Augen und schelmischer Miene ihre zarte Jugend zu riechen. Er vergewaltigte die Großmütter, wenn sie sich, über ihre Wäsche gebeugt, mit seifigen Armen und wehrloser Scharte vom Wind das pummelige Gesäß versohlen ließen. In den Tagen der Hungersnot ernährten ihn die Frauen. »Eine Suppe; nichts geht über eine gute Suppe«, sagte er, weil er auf seine Art ein Dichter war, und die Frauen schmolzen lachend in seinen Armen. Nach jedem Schlag, den sie erhielten, jeder Liebkosung, die sie erlitten, verschönert durch den Verkehr mit Hiob, öffneten sie ihre Herzen für ihre Brüder und Ehemänner. Fern von ihm, am Abend, stellten sie sich, wenn sie am Feuer saßen, gerne vor, wie Hiob auf dem Hügel dem Mond begegnete; oder sie verfolgten in ihren Tagträumen die Nahrung, die durch sein Zwerchfell und seinen Bauch bis zu seinem dampfenden Ausgang hinuntergezogen wurde. Sie hatten Tränen in den Augen; es waren Frauen mit Herz.

Hiob war ein exzentrischer Narr. Wenn der Mond heranflutete, machten die Verzweiflung großer Seelen und der Taumel des Weltraums ihn zu einer außerordentlich sensiblen, der Befruchtung harrenden Hemisphäre. Die Emotion pumpte die Luftblase auf, die parasitär an den Trennwänden seines Gehirns hing, und die letzten Spuren seiner Vernunft verdufteten. Hektisch stürzte er durch den Morast, das Gesicht zerrissen von Glückseligkeit, in seinem ganzen Wesen schien von einem unsichtbaren Weichensteller ein Schalter umgelegt worden zu sein, seine Stimmbänder vibrierten wie die Halme des Schilfrohrs. Er summte von Baum zu Baum, von Fenster zu Fenster, wie eine Biene, die nach Goldbarren sucht. Die kehlige Stimme des Meeres widerhallte in seinen Ohren, diesen labyrinthartigen Muscheln, und verlor sich in den feuchten Kavernen seines Schädels. Für Worte gab es keine Notwendigkeit mehr.

Der Mond schien resolut, und es kam Hiob vor, als würde er sein Blut durch die Trinkhalme seiner Nüstern saugen. Die Stadt schlief, die Fensterläden waren hermetisch verriegelt, und die Toten schnurrten auf der Klippe in den Gräbern. Kein einziges Gespenst schwebte in den Büschen herum, aus Angst, die himmlischen Privilegien zu verlieren; kein Vogel war wach; die Strahlen des Mondes schienen den Grund eines Abgrunds zu suchen, und Hiob hielt Wache auf der schmalen Brücke eines Regenbogens, der für niemanden außer ihm sichtbar war. Er liebkoste die schleimigen Wände der Schlupfwinkel, er scharrte mit seinen Nägeln und Zähnen in der Erde und schwatzte dabei, ließ die toten Blätter knistern, riss Schweinereien vom Himmel, war entsetzt über den übergroßen Schatten seiner Traurigkeit. Bittere Träumereien und eklige Erinnerungen störten den Frieden seiner Nächte. Wenn er in seiner Hütte, zwischen den Kiefern mit ihren Fingern aus Klöppelspitze, auf verbranntem Stroh lag oder nach einer Mahlzeit aus Wurzeln und Pilzen im zarten Schatten eines Olivenbaums, plagten ihn Schreie und Seelenqualen sonder Zahl. Er wachte plötzlich auf und rannte, weil sein Körper an der Erde verzweifelte, und das Geheul von Bestien schien in seinem Gehirn zu tanzen wie Blätter auf gefegtem Eis. Die Stimme einer Frau folgte ihm wie eine Fliege durch seine vielfarbigen Träume – die Stimme einer Verrückten. So floh er, mit Rosen bekränzt, aufs Land und schlitterte besessen auf der eingebildeten Brücke seines Schreckens herum.

An manchen Abenden, wenn in den ärmlichen Hütten und auf dem Hügel alles still ist, lösen sich die Seelen der Unschuldigen in der Luft; die Kühe entsteigen den Feldern wie Stehlampen, die Euter glänzen vor Galle, und ihre porösen Schürzen tropfen; die Bäume gähnen und breiten ihre Arme aus; das

Gras wächst und verbrennt unter den Blicken der Kontemplation.

Hiob stellte sich auf der Klippe dem Wind. Er stützte sich mit den Ellbogen auf ein altersschwaches Grabmal aus verwitterten Ziegeln, das von einem ausgebleichten Kreuz überragt wurde. Laut deklamierend analysierte er seinen enormen Minderwertigkeitskomplex. »In den Augen der Menschen bin ich nur ein Narr, aber unter meiner Clownshaut habe ich das Zeug zu einem Denker der ersten Kategorie. Eines Tages wird sich mein Gehirn mit dem Geräusch einer durchlöcherten Auspuffbrücke einschalten, dann werde ich in der Lage sein, mich den letzten Fragen zu stellen. Stark geworden durch die sadistische Ungeduld normaler Menschen, werde ich nicht länger ein Gejagter, sondern ein Jäger sein.«

Die Stadt rülpste, gequetscht zwischen dem Himmel und den hohen Spiralen der Kirchen, und ein Pilz aus schwarzem Rauch verbreitete sich in der Atmosphäre. Der Narr klemmte sich sein Rückgrat unter die wollenen Lumpen, um die Dicke des Specks beurteilen zu können, der seine Rippen bedeckte. »Im Sturm sind die Mageren im Unrecht«, gähnte er und warf einen bösen Blick auf die Stadt. Er sah, dass die grauen Häuser vom schmutzigen Gelee der Gullys umgeben waren, die ansteigenden Straßen waren von verblichenem Gras gesäumt, die Statuen in den öffentlichen Gärten angeknabbert vom Nordwind. Ohne zu lächeln, sah er die Kinder, die gebeugt gingen unter ihren Lasten von Larven und Trümmern, die verschlungen wurden vom bösen Wolf mit den silbernen Handschellen namens »Kleines Pferdchen«; er sah die Frauen, die vom Speichel der leeren Stunden erdrückt, die Hunde, deren Schwänze von den Stiefeln der Besatzer zerquetscht waren; er stand am Rande des Himmels und hatte Angst vor dem Stein des Anstoßes.

Die meisten Einwohner der Stadt waren tot. Sie starben diskret zu Hause auf dem Küchentisch, um das Bett nicht zu zerwühlen. Man begrub sie auf dem Friedhof, so weit wie möglich vom bröckelnden Rand der Klippe entfernt. Diejenigen, die noch am Leben waren, zogen, vielleicht aus einem obskuren Schuldgefühl heraus, ihre Finger nie aus den Taschen; sie badeten darin in Weihwasser, ohne das Zeichen des Kreuzes zu machen. »Teufel«, sagten sie, wenn sich ihre Blicke mit jenen eines Fremden trafen, »man verhext mich, hauen wir ab, hauen wir ab«, und ihre Hände tauchten wieder in die Taschen hinein. Die Religion herrschte über ihre Geldbörsen und ihre Herzen; es gab zwei Priester für jeden Bürger, einen Bischof pro Fest, alle Straßen, die etwas auf sich hielten, wurden zumindest von einem Glockenturm markiert, der von Gebeten vibrierte, und die Menschen standen am Fuß der hochmütigen Auslage des Beichtstuhls Schlange. Diese braven Leute dienten, die Münder vollgestopft mit Glauben und frittiertem Essen, die Geldbörsen leer, Gott in aller Öffentlichkeit und ließen sich vom Teufel im Privaten aufs Köstlichste einen blasen.

Der Abend kam, vom Nebel verhüllt, zum Stillstand. Der Verrückte kratzte sich seinen Rücken mit dem

Taschenmesser, und der Mond erhob sich bedrohlich über dem Meer. Weiblich, anmutig, berauscht von der eigenen seidigen Nacktheit, projizierte das Mondelement Blumenwunder in Hiobs Augen. Er lachte und schüttelte seine wilde Mähne. Dann kletterte er hoch, sehr hoch, höher und höher auf den Berg; er atmete den Himmelswind, bis sich seine Pflanzenseele beruhigte. Je mehr er sich vom Meer entfernte, umso mehr schrumpfte sein Körper, sein Blut vollzog nur noch halbe Umläufe in seinen Adern, und die Hitze, die seine Stimme zum Singen brachte, verließ seine Kehle mit dem endgültigen Klicken eines in Zysten verkapselten, vom Sperma geknackten Eierstocks. Ganz klein, schnüffelnd vor Verwirrung, blieb der Narr auf einer Lichtung stehen und wählte einen Baum, dann einen anderen, zwei Schritte vom ersten entfernt. Er nahm seine Mütze ab und pflanzte sich zwischen die Nadelbäume, die Schultern an den Ohren, das Haar in Büscheln abstehend vom Kopf. Lange Zeit verharrte er so, erdig im meergrünen Licht undurchdringlicher Stille.

Der Mond stand im Zenit, als er endlich das immer lauter werdende Geräusch des Galopps vernahm, das sich im Scherbenhaufen der Erde verlor. Er hörte auf zu atmen; Venus kam, unzählige Meteore im Schlepptau, einhergegangen; das Biest näherte sich. Mit einem Mal war Hiob nackt. Seine Gliedmaßen begannen, die unsichtbaren Tiere der Nacht nachzuahmen, Wellen des Elends plätscherten in seiner Kehle. Er warf den Ehering weg, der seinen kapuzentragenden Penis mit seinem Bein verband, und richtete sich, schreiend wie ein Besessener, vor seiner Beute auf; eine Sekunde lang ließ der Pfeil den Raum innehalten, dann flog er. Das Fabeltier mit den langen, wirren Haaren und den unruhigen Augen, die vom Regenwasser beschlagen waren, fiel dem Mann, der es mitten ins Herz getroffen hatte, vor die Füße. Der Wald schien das Echo seines Schluchzens in die vier Ecken der Hölle zurückzusenden, die Blumen schlossen ihre sanften Gesichter, und Hiob kniete vor seiner Beute nieder: »Dieses Opfer erfüllt meinen sehnlichsten Wunsch, dieses frische Blut sichert mir eine unbedeutende, aber bruchlose Existenz.« Er aß das besondere Stück, das ungerührt zwischen den noch von unregelmäßigen Krämpfen geschüttelten Flanken hing. »Es riecht gut nach Weizen«, sagte der Narr, »diese verfluchten Tiere ernähren sich von dem, was der Mensch unter Schmerzen anbaut.« Hiob wusch sich in der Rinne, die das Moos befeuchtete, dann opferte er das Tier.

Die Saughärchen der Luft nahmen die Energie der geopferten Antilope auf; ein Engel flog vorbei und streifte den Boden. Er liebte den Geruch von Massengräbern.

In nichts als das Fleisch seines Opfers gekleidet, überquerte ein stolzer Hiob die Ebene auf einer imaginären, vom Mond gezeichneten Straße. Ein Meer von Binsen flüsterte zu seiner Linken; zu seiner Rechten breitete sich die lehmige, picklige und unordentliche Erde der Schollen aus wie Butter. Vorne, hinten und morgen war Frieden: »Was für ein weiches Fell die

Religion doch ist«, sagte er sich, und seine Unterkunft, die vor den Augen der Menschen verborgen war, erschien ihm wie ein Palast.

Indessen blieb die Sonne in der goldbraunen Melasse des Meeres stecken; der hohe Schornstein der Fabrik ließ weißen Atem in den Himmel steigen. Hiob dachte voll Schrecken daran, dass Gott auf diesen Ruf hin erscheinen und sich Backstein um Backstein vor ihm am Strand aufbauen könnte. So sang er:

Gurre, Stein
Fließe, Wein
Der abgestochene Hahn nimmt sein Bad
Der Richter streckt seine Wange hin
Der Iltis den Schwanz
Und ich, Hiob, der Narr
Schleppe meinen Hintern
Über die Brücken und Straßen
Winde und Pflaster
In den traurigen Ruinen
So manchen Pferdeapfels

Er war besessen von Poesie.

Eine Schar kleiner indischer Schulkinder überquerte die Dünen; sie kehrten nach Hause zurück, die Mäntel über den aufgeblähten Bäuchen zugeknöpft, die Augen so rund wie Murmeln und ebenso hart. Das Meer entblößte eine Brust, weil der letzte Strahl der eingetauchten Sonne sich wie eine Liebkosung anfühlte. In der Ferne hörte Hiob das Dröhnen einer wilden Schießerei, gefolgt von den Schreien eines unbekannten Tieres. Die Sonne verlor den Halt und ersoff. »Wie wunderbar traurig ist es, ein Meer zu sein«, sagte der Narr zu sich selbst, »tausend Schaumtrompeten schreiten dir am Horizont voraus, getigerte Algen schmücken deine Lust, und deine Ohren sind mit Sand gefüllt. Nichts zu sein als eine Gebärmutter, die beim Aufgang des Mondes zittert, die regelmäßig von schmerzhaften Krämpfen vibriert, ein dichtes Netz von Wegen auf der Haut, aber einsam, einsamer noch als ein Verrückter.« Er seufzte, und die kleine Ziege, welche die kleinen irren Unkräuter abgraste, die sich auf den Dünen nur mühsam aufrecht hielten, hob den Kopf und seufzte ebenfalls. »Lass uns etwas Gold machen, um uns die Zeit zu vertreiben«, sagte Hiob gelangweilt und streckte seine Hand nach dem Vierbeiner aus; sein Genie eines kranken Mannes hatte sich auf dieses mittelmäßige Ziel hin ablenken lassen. Die Ziege, hässlich und haarig, stellte keine Fragen; wer hässlich ist, hinterfragt selten etwas. Fügsam ließ das Tier alles mit sich geschehen. Sein Mund war sanft, abwesend sein Blick. Der Verrückte legte seine Jacke auf einen Stein und schob den Schanker beiseite, der den stinkenden Weg zum Vergessen blockierte. Ein blauer Schmetterling ließ sich auf der silbernen Stirnlocke der Ziege nieder. Hiob sah eine Flamme aus der schwarzen Flora hervorbrechen, die in Büscheln um die Sterne herum wuchs. Das Tier spreizte die Beine und steckte die Schnauze in den Sand. Ein mit Gemüse beladener Zug fuhr vorbei und hüllte das Paar in seinen kreischenden Rauch. Ekstase. »Ich habe Teil am schöpferischen Leben, in dem jedes Handeln einem Krieg gleichkommt«, sagte sich der Narr entzückt und kniff in die Brüste voller Milch, die unter seinen Daumen bebten. »Flüge ins Azurblau mit Farbraketen, Besteigungen von Gipfeln mit Umrissen, die von der Leere verwischt sind, Anstiege, Fälle, Aufschwünge, finstere Täler, von Blutameisen befallene Sonnen; Härchen und Schambeine und Rampenlicht, die ganze Welt, die mit ihrem pulverisierten Fleisch herumflattert; dieses Sekundenparadies, welches die Erde mit Rauch ausstopft.« Die Milch spritzte zwischen seinen Fingern ins vergilbte Gras; die Ziege kniete sich mit verschleierten Augen nieder, und Hiob spürte, wie ein Lachen in ihm aufstieg, ein Lachen, das ihm über den Rücken hinwegschnellte wie eine Eidechse, die auf einer Wand überrascht wird. Die Ziege schluchzte, dass einem übel werden konnte. Da er seine Ekstase auf eine Welle gebaut hatte, war Hiob schnell befriedigt; er wartete, bis der Himmel wieder stillstand, dann stieß er das Tier von sich und sagte verächtlich: »Steh auf, du Sack der Sterblichkeit, steh auf und geh.« Die Ziege hob ihre Hufe und richtete sich auf, nicht ohne Schwierigkeiten. »Sklavin«, höhnte der Verrückte, »Sklavin, komm her.« Die Ziege gehorchte und näherte sich. »Wenn ich durch eine Tür eintrete, muss ich durch eine andere raus«, sagte Hiob entschlossen und steckte seinen Zeigefinger in das von nassem Schilf umstandene Auge; dann drehte er, drehte, drehte, bis sich das Tier mit einem lauten, saugenden Geräusch befreite und einäugig und blökend davonlief. »Selbst die beste Eroberung ist am Ende nur Staub«, sprach der Narr traurig zu sich und schleppte seine Stiefel durch die salzbestreute Ödnis, während er in seinem Herzen die schmutzigen Münzen der Verzweiflung zählte.

Jedes Jahr im November, wenn die kalten und feuchten Tage sich aneinanderreihten, wenn ihre Monotonie nur durch Nächte unterbrochen wurde, die das unruhige Gelächter der Geister durchzuckte, kehrte das Fest der Narren wieder. Dann verließen die tapferen Bürger der Stadt über dem Meer ihre Häuser mit den verschlossenen Läden, die Gewehre auf den Schultern, die Lippen zusammengekniffen. Sie waren bereit, der unsichtbaren Flugbahn zu folgen, die ihre Vorfahren im Tohuwabohu der Vergangenheit vorgezeichnet hatten. »Es sind die Narren, welche die kranken Winkel unserer Stadt bewohnen, sie sind es, die unsere Spanferkel stehlen und Flüche murmeln, wenn unsere Väter vorbeigehen. Sie beschmutzen das Brot mit ihrer Dummheit und sterben, ohne Rücksicht auf die Öffnungszeiten zu nehmen; schamlos stolzieren sie mit nackten Gesichtern vor dem Tode herum. Sie sind das Heimweh, sie sollen gehen«, sagten sie und strichen über ihre unrasierten Wangen. Und so verwandelten sich die Leute an einem bestimmten Tag im November, Jahr für Jahr, mit gutem Gewissen in Rächer und verjagten die Narren von ihrem Land, denn ihre Eltern fuhren fort, in ihnen heranzuwachsen, lange nachdem ihre Gräber reif geworden waren.

Viele Narren bewohnten das Land mit seinen sanften, vom Wind zerzausten Klippen; das Klima war gemäßigt, die Felder großzügig, und die Verrückten, die Halbverrückten, die Söhne der Verrückten, diese Inseln im Herzen des Chaos, bettelten furchtlos in der Sonne. Am Tag des Festes jedoch wurden alle, die es nicht zuwege brachten, sich zu verstecken, die Grenze zu überqueren, oder die keinen Fels fanden, auf den sie sich weit weg von der Menge setzen konnten, beschnitten, auf ihre Grundform reduziert und endlich in hauchdünne Rädchen zerteilt. Die anderen aber verteilten sich über das Land und streuten ihre Gliedmaßen in die Weizenfelder, während sie in den Tiefen der verwinkelten Abgründe ihrer Einsamkeit Schreie ausstießen, geviertelt von fehlendem Verständnis.

Der verrückte Hiob versteckte sich an diesem Tag in einem Mülleimer, der bereits von der Hose eines Beamten, den Essensresten eines kranken Hundes und ein paar zerkratzten Vakuumflaschen besetzt war. Gegenüber schielte ein einäugiges Haus aus seinem einzigen offenen Fenster heraus; nur die Schritte verlorener Katzen, die das Flanieren der Passanten nachäfften, unterbrachen den Schlummer der Gehsteige. Es war die finsterste Straße der Stadt; nur ein einziger Baum erleuchtete den Himmel und kein Blatt verjüngte seine Zweige; alle schwarzen Leiden der Vorstädte tropften in diesen Darm.

Von sechs Uhr bis Mittag störte kein Auswurf, kein Tier Hiob in seinem Versteck. Seine Knie, die geknickt waren wie die einer Heuschrecke, durchbohrten seine Hose. Wolkenlose Stille erfüllte seinen Kopf, und in der Ferne strömten die Gischten über die Klippe. Dann änderte sich alles. Ein Narr lief schreiend vorbei, eine Menge von Menschen in offiziellen Uniformen folgte ihm auf den Fersen, die einen mit Messern bewaffnet, die anderen mit Gabeln; ein Kind lachte auf, entzückt von den Heldentaten eines Hundeakrobaten, der vor Angst schlotternd und nackt unter seinem gestreiften Mantel im Staub einen letzten Tanz vollführte. Der Mülleimer quetschte seinen Mann zwischen den Eisenwänden.

Hiob streckte eine Hand hinaus, um zu sehen, ob es regnete, und die Menge blieb stehen. »Raus aus deinem Mülleimer, du Narr mit deiner narzisstischen Mülldeponie. Komm heraus, damit wir dich mit den Ruten Gottes peitschen können.« Hiob tauchte auf, Wackelpudding zwischen den Beinen, den Kopf hoch erhoben. Tausende Menschen sprachen zugleich. Der Verrückte versuchte, ihnen allen Rede und Antwort zu stehen, aber jedes Mal, wenn er ihn öffnete, hauten sie ihm auf den Mund, und Blut stank auf seiner Zunge. »Lauf, Tier«, rief ein Freund, der sich in einem Busch versteckte, »sie töten in Hülle und Fülle, leise und nach dem Ritual der Sauberkeit. Lauf, lauf.« Hiob sprang in die Luft, um mehr Schwung zu gewinnen, und raste, Gotteslästerungen bellend, davon. »Wäre das alles in einem Traum passiert, hätte ich zu fliegen vermocht.«

Vegetabile Müdigkeit befiel seinen Geist; die gesamte Energie seines Körpers kochte in seinen Beinen und sein ausgetrocknetes Gehirn ruhte sich aus auf seiner Angst. Als die Menge lostrabte, ihn zu verfolgen, ließ sie sich die Gelegenheit nicht entgehen, Flora und Fauna der Provinz voller Neugier zu betrachten, Versicherungspolicen zu erneuern, zu essen und auf langgestreckten Wurzeln zu sitzen, ohne jemals die Spur des Verrückten zu verlieren.

Nach zwei Nächten und drei Tagen auf der Flucht war Hiob außer Atem. Er blieb am Ende einer Sackgasse stehen, und ein Schwarzer verletzte ihn böse mit dem Messer. Er spürte, wie es ihn nach und nach durchbohrte, schmeckte den salzigen Wind, der seinen Lippen entwich, sah, wie sein Leben davontrieb, sah, wie am Himmel ein Licht nach dem anderen erlosch, wie der Stickstoff, dieses Wäscheblau, das auf dem Rücken der Wolken klebt, sich mit Ruß bedeckte. Die Sirenen heulten. »Feuer«, quengelte Hiob, den Kopf im Schlamm. »Er liegt bereits im Sterben«, sagte ein Kind, es war enttäuscht. Die Menge ging vorbei, sie schüttelte die Schuhe wie eine vom Sturm versprengte Legion Erzengel. Das trübe Wasser der Träume floss zwischen den Ohren des Narren hindurch und schob in rhapsodischen Wellen Eierschalen, Garnelen und ein paar Grashalme vor sich her. Hiob trug anstelle einer Kopfbedeckung eine Erektion vom Feinsten; es war ihm gelungen, eine Fliege zu fangen und sie an dieser provisorischen Spitze seines Körpers zu befestigen. Er fand es gut, so allein und in seiner ganzen Herrlichkeit zu sterben, den Pulsschlag eines Gedichts auf der Zunge. Die Angst vor der Auslöschung bestärkte ihn: »Es ist gut, Tropfen für Tropfen zu sterben; mit dem Tod zu ringen, ohne sich ihm zu unterwerfen, bereitet ungeheuren Genuss.« Mit diesen Worten zog er vorsichtig das Messer aus seiner Brust, um seine Lust noch zu steigern; er atmete tief ein, und das Blut, das seine Venen aufsogen, verschloss die Wunde. »Ich bin gerettet«, seufzte Hiob und stand auf. »Ich entkomme dem Strafgericht in großer Verwirrung, da ich nicht in der Lage war, mir über die wahre Natur des Paradieses Rechenschaft abzulegen.«

Die Sonne verzog sich hinter die Hügel. Die Bürger kehrten nach Hause zurück, um alles zu vergessen. Die Einrichtungen des gesellschaftlichen Lebens sorgten, da sie vom Hass befreit waren, dafür, dass sich der Staub der Bürokratie wieder legte. »Lass uns ins Kino gehen«, sagte Hiob zu sich selbst, »lass uns die appetitliche Fülle der Frau genießen, ertrinken wir im promiskuitiven Qualm der Samstagnacht, stellen wir uns in die Reihe.« Und dann ging er auf der noch feuchten Straße davon, streifte die Flechten, die dort in langen grünen Streifen herabhingen, und zog seinen Schatten hinter sich her.

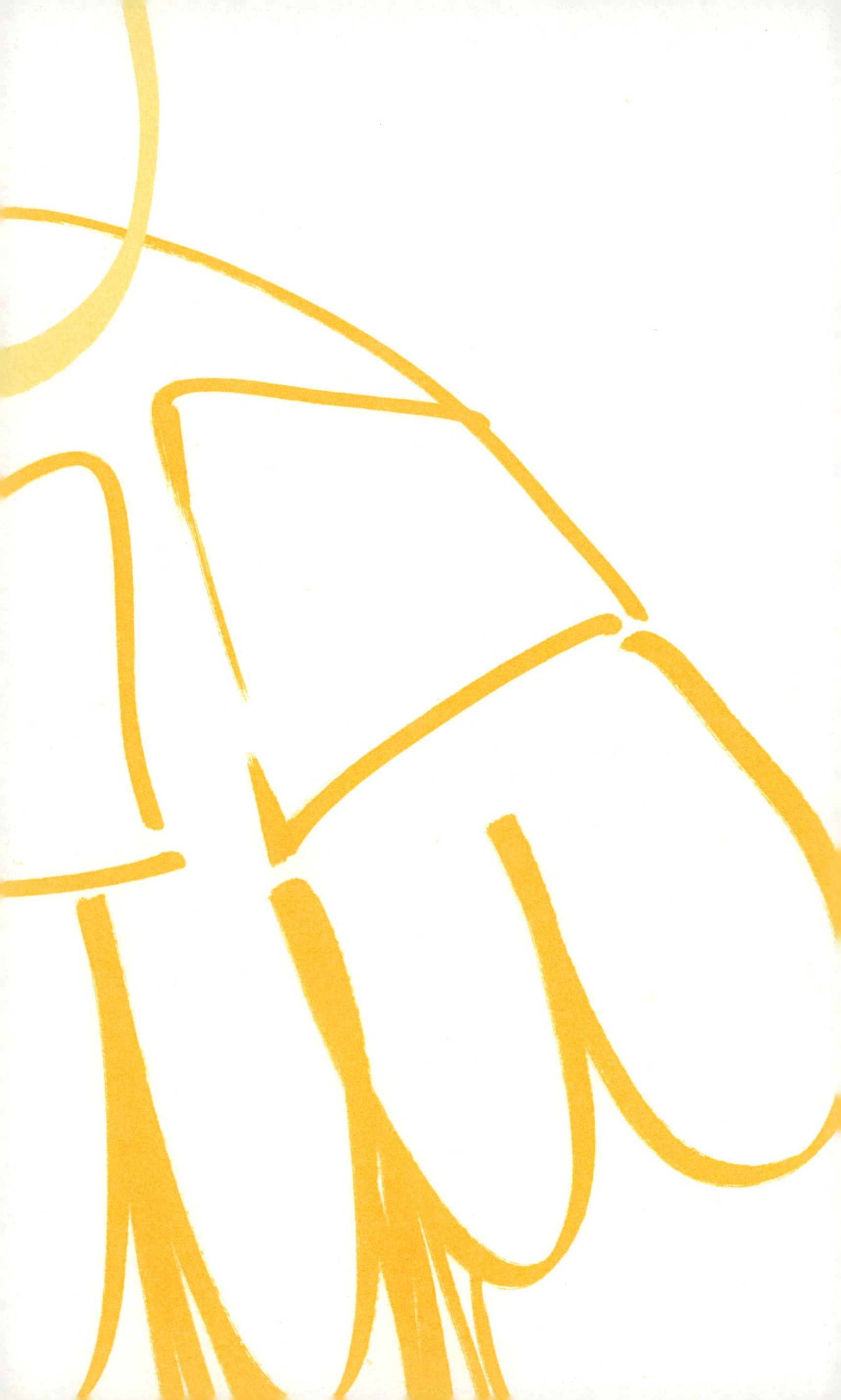

3.
Der Krebs

Über lange Jahre hinweg war mir nicht bewusst, dass die Frau im Sterben lag. Alles an ihr vibrierte von unterdrückter Krankheit, und unter ihrem flatternden Kleid schlotterte die Haut; obwohl sie alt war, ließen unausgesprochene Gefühle sie schön erscheinen, aber wenn sie ihren Blick von meinem löste und ihren in Verbände gewickelten Kopf abwandte, sah ich nur noch ihren Buckel.

Clara lebte – allein mit dem monströsen Auswuchs – im größten Haus des Dorfes; ihr Vater, der Graf von Deauville, war ebenso gestorben wie ihre Mutter, sodass nun alles ihr gehörte – das Haus und der Park, die Möbel aus Mahagoni und die Bäume. Ich, der kleine stumme Junge, war ihr einziger Diener. Frauen finden immer jemanden oder etwas, das ihnen Halt gibt, und Clara, die geheimnisvolle Clara, die nie ausging und niemanden sah, stützte sich auf meine dünnen Schultern und tröstete sich mit mir.

Gewissenhaft arbeitete ich den ganzen Tag; ich öffnete einen Spaltbreit die Fensterläden, die schwer waren von Staub und vor Unbehagen quietschten wie alles andere in diesem Haus, in dem sogar die Ratten Halbhandschuhe trugen; ich beschnitt die ausgefransten Alleen, ich versorgte den Kanarienvogel. Und auch Clara beschäftigte sich. Sie kleidete sich an. Für immer werde ich mich daran erinnern, wie ich sie das erste Mal nackt sah – Clara, meine Geliebte, die einzige Frau, die ich je gekannt habe. Ich trank meine Milch, eine Hand gegen den Türrahmen gestützt, einen Fuß für den ersten Schritt rückwärts angehoben, das Auge am

Schlüsselloch ihres Schlafgemachs. Ich war zwölf Jahre alt. Sie betrachtete sich im Spiegel, und ich hatte keinen Zweifel daran, dass sie spürte, wie mein forschender Blick unschuldig über ihren Körper wanderte; glücklicherweise lagen ihre Alltagskleider auf dem Stuhl; sie waren die einzigen leblosen und gewöhnlichen Gegenstände im Raum, und ihr Anblick bewahrte mich vor einer Ohnmacht. Der Buckel dagegen erhob sich rosa, überragte den Körper auf seinen Spinnenbeinen, thronte über den länglichen Brüsten und den zusammengekniffenen Hinterbacken: eine Festung. Der Buckel. Ich sah in Wahrheit nur ihn; obwohl ich in den verrückten Wochen, die auf diese erste Sichtung folgten, die Bekanntschaft von allem Übrigen machte, war der Buckel meine große Entdeckung.

Clara verließ den Spiegel und zog sich langsam vor mir an; sie war nicht schamhaft; sie lächelte, ihr Kopf wackelte vor der Brust; sie empfand Freude über die offensichtliche Berechtigung ihrer Empörung und über meine Angst.

Von diesem denkwürdigen Tag an verließ ich das Haus nicht mehr, trotz des starken Schwefelgeruchs, der es durchzog: Ich war in den Buckel verliebt und lebte nur für ihn.

Clara entdeckte die Liebe zur gleichen Zeit wie ich; ich streichelte sie ängstlich, und sie sah mit Stolz die Offensichtlichkeit meines Deliriums. Sie lauschte der erstickten Stimme, die in mir schrie, unfähig, ihre traurige Beichte abzulegen; sie verstand mich ohne Worte, und ich, zu allem bereit, was ihr gefallen könnte, zappelte götzendienerisch um ihren Höcker herum.

Eines Tages fragte sie mich: »Hast du Angst, Kleiner?« – Erpressung! Ich streichelte ihre Stirn und den weichen Ansatz ihres Haars, ich berührte ihre Brüste, die unter meinen Fingern knitterten, ich küsste den Flunsch ihres geschwollenen Mundes, und ich weinte vor Verdruss: Sie verweigerte mir ihren Buckel. »Warum bestrafst du mich? Ich war so glücklich, so glücklich.« Sie erkannte die Verzweiflung hinter meinen Tränen. Grausam befahl sie: »Dann sei ein Mann!« – und bot sich mir mit geschlossenen Augen an. Gedemütigt warf ich mich aufs Bett. Meine Zähne klapperten, mein Blick schweifte in die Ferne; ich war nur mehr ein abgekühlter Planet.

Die unerträglichsten Schmerzen kennen keine Schreie. Ich machte mir Vorwürfe wegen meiner Feigheit, ich marterte mich, aß den ganzen Tag, in der vergeblichen Hoffnung, mich zu trösten; vor lauter Angst traute ich mich nicht mehr, mich meiner Herrin zu nähern. Ich wusste, dass jener Körper auf der Couch lag, mit all dem Fleisch auf seinem Rücken, und ich litt, denn ich konnte ihn nicht besitzen.

Das Haus war erfüllt vom beißenden Geruch des Verfalls, und der Tod brach an allen Seiten zugleich aus, ohne dass ein spezieller Brandherd auszumachen gewesen wäre. Clara lag im Sterben, verzehrt von ihrem Buckel, und das Haus rutschte, ihr folgend, in den Sumpf des Jenseits, es unternahm nicht den geringsten Versuch, sich am Boden festzuhalten. Ich träumte davon, die gigantische Kuppel mit meinen Zähnen zu markieren, mich an ihrer polierten Oberfläche zu reiben, den regungslosen Grabhügel in meinen Armen wegzutragen, in die Stadt, in der das Leben beginnt: Babylon! Abends, bevor ich zu Bett ging, beschrieb mir Clara das Leben dort, und kaum hatte ich die Augen geschlossen, nahmen die rauchigen Straßen, der eisige, jungfräuliche Wind und die Prostituierten, die zweifellos alle schön und bucklig waren, Gestalt an. Clara hatte mehrere Jahre mit ihrem Vater und einer alten Tante in der Stadt meiner Träume gelebt. Dann war der Vater gestorben und die Tante verschwunden. Allein und mit der noch jungen Knospe ihres Buckels auf der Schulter, ging Clara ins ländliche Exil, um sich ganz der Medikation und der Pflege ihrer Krankheit zu widmen. Zu jener Zeit begann der Höcker stark zu wachsen, und Clara versuchte zunächst, ihn zu verbergen. Sie schämte sich für die heftige Schwellung ihres Fleisches und machte sich Sorgen um ihre Gesundheit; dann begann sie, die Wanderdüne zu lieben, denn sie wusste, dass in der Stille unter ihrer Haut ein Geheimnis wuchs, das sich, sesshaft geworden, von ihrem Blut ernährte.

Wenn ich vor meiner Entdeckung der Frauen in Clara nur eine wenig anspruchsvolle und verrückte Geliebte von aggressiver Hässlichkeit sah, dann deshalb, weil ich, als ich mein erstes Brot verdiente, noch das blindmachende Tuch der Kindheit über den Augen trug, unempfindlich gegenüber der Schönheit, die vor mir erblühte; ich schätze, mir fehlte die Vorstellungskraft.

Kurz vor meinem dreizehnten Geburtstag, immer noch unfähig, Clara zu befriedigen, obwohl mich das Verlangen nach dem Buckel quälte, erwachte ich eines Morgens und stellte fest, dass mein Körper mit einer Art bröckeligen Schweißes befeuchtet war; mein Rumpf schien meinem Hals schlecht angepasst zu sein, ich blinzelte und fand mein Glied totensteif an meiner Seite ausgestreckt. Clara verstand sofort die Natur meiner Krankheit und freute sich: Mein Verlangen hatte wie ein Fisch, der die Wasseroberfläche durchstößt, endlich das Licht der Welt erblickt. »Atme tief«, sagte sie, »keine Sorge, ich sage dir Bescheid, wenn der richtige Augenblick gekommen ist.« Indessen beobachtete der Buckel meinen Verrat von der Anhöhe seines Fleisches aus. Mager, ein fahles Schimmern von Haut unter der lüsternen Ungeheuerlichkeit ihres Höckers, nahm mich Clara wie einen Vogel zwischen ihre Zikadenarme und knackte mich. So wurde ich, atemlos vor Glück, zum »Besitzer aus Leidenschaft«.

Es besteht kein Zweifel, dass das Verlangen unabhängig von den Lebewesen existiert; heute, da ich alt bin und nicht mehr hoffen kann, das Objekt der großen Liebe meiner Jugend noch einmal wiederzusehen, lebe und erlebe ich jeden Moment meiner Idylle erneut, indem ich meine erotischen Erkundungen allein forttreibe. Niemand kann das Gefühl der Anbetung verstehen, das diese plombierte Büchse, dieser Parasit, in mir hervorrief; wenn das Schicksal ihn mir wieder in den Weg stellen würde, weiß ich nicht, zu welchem Wahnsinn ich fähig wäre. Clara gab meiner Leidenschaft nach, ein wenig überrascht von der Heftigkeit meines Begehrens, ein wenig eifersüchtig auf diesen Teil von ihr, den ich jedem anderen vorzog. Sie verlor von Tag zu Tag an Gewicht, während der Buckel im selben Maße wuchs. Ihre Hände, lang und zart wie Lianen, peitschten mit ruckartigen Gesten durch die Luft wie die einer Verrückten. Ihr Gesicht blieb mir dabei immer verborgen, denn ihr Hals verbog sich unter dem zusätzlichen Gewicht, und ihre Augen, verdreht in dem Bemühen, zu sehen, was vor ihr geschah, erweckten in mir die Raserei eines Hengstes, der sich dem wilden Schwung einer Kruppe gegenübersieht.

Wir haben jeden Moment unseres Lebens zusammen verbracht; ich schlief in ihrem Bett, eine Hand wie eine Krone auf den Buckel gelegt; ich aß mit ihr am großen Tisch, ich brachte mit meinem schwächlichen Körper eines kaum der Schale entschlüpften Kindes ihr Badewasser in Aufruhr. Clara war glücklich; sie kleidete sich in leuchtende Farben. Sie, die zuvor niemals gelächelt hatte, bot mir lächelnd und mit rücksichtsvoll gesenktem Kopf meinen Anteil am Vergnügen, ohne sich bitten zu lassen. Doch all das währte nicht lange: Clara lag im Sterben, ihrem Glück zum Trotz. Sie war eines dieser Geschöpfe, die dazu geschaffen sind, in der Dunkelheit zu leben, ohne Luft oder Befriedigung welcher Art auch immer. Sie müssen in einem Banksafe wohnen, einem Kühlraum oder einem Einmachglas. Wenn Clara, exzentrisch und unglücklich, leben konnte, solange sie sich ausschließlich dem Kampfe widmete, musste sie verschwinden, sobald sie glücklich war. Der Buckel dagegen blühte. Die Hitze tat ihm gut, und Clara ließ sich von ihm verzehren, ohne es zu merken. Allmächtig und unrührbar wie ein Felsbrocken, war er für mich das Symbol des ewigen Lebens: Der Fels lebte und nahm mir jeglichen Sinn für die Orientierung im Irdischen. Obwohl ich den Tod auf dem durchscheinenden Gesicht meiner Geliebten sah, obwohl ich ihn beinahe berührte, war ich viel zu besessen von dem irren Höcker, als dass ich daran gedacht hätte, die Frau zu retten. In meinem Egoismus konnte ich nicht glauben, dass sich mit Claras Tod an einem gewissen Punkt auf meiner Spur das Wort ENDE eingravieren würde; der Buckel war mein Leben, und wenn sich Clara, dieser blasse Schatten, in Richtung ihres Erlöschens vortastete, vermisste ich sie nicht, denn meine priapische Liebe genügte sich selbst. Doch die Katastrophe kündigte sich an. Der Tod näherte sich, indem er launische Arabesken beschrieb, bis ich Clara eines Tages auf ihrem Bett mit den Samtvorhängen entdeckte, ihr Gesicht in einen Teddybären vergraben. Ich hatte keine Angst, denn der Buckel wirkte sogar noch lebendiger als sonst; ich spürte, dass ein Herz unter seiner Membran schlug, die abseits meiner Hand nie Sterbliches berührt hatte. Clara atmete kaum noch, das Licht flackerte im Rhythmus eines schwankenden Bootes; die Frau sah mit ihrem übermäßig gelockten Haar und dem trägen, kurzsichtigen Blick, der mein Gesicht schrammte, wie ein lächerlicher Hampelmann aus. Ohne jedes Mitleid zog ich ihr das Hemd über den Kopf. Der Buckel schaukelte nackt unter der Lampe, meine Hand lastete mit ihrem ganzen Gewicht träge auf seinem Kamm; er brannte.

Clara starb gegen vier Uhr morgens. Die Erinnerung, die ich an diese Nacht bewahre, ist die einer Erfüllung, die ich nie wiedergefunden habe; Nebelschwaden wallten um mich herum; mehr schlecht als recht in meiner Haut vertäut, war ich wie von Sinnen.

Der Buckel triumphierte ohne sichtbare Geste; die Welle eines Schattens huschte über den Körper, das Röcheln hörte mit einem Mal auf: Clara war nicht mehr. Zärtlich enthüllte ich das Gesicht der Verstorbenen; ich schloss ihre Augen nicht, weil mir ihr Ausdruck gefiel, aber ich setzte ihr den Stadthut aus Rabenfedern und Baumwollsamt auf und breitete das Laken über ihre Beine. Ein Stummer kann keinen Schrei des Kummers ausstoßen, also weinte ich nicht, aber mein Herz ackerte in meiner Brust, und meine Hände zitterten. Der Buckel kühlte ab, und seine magnetische Kraft waberte über seiner Basis. Ich presste meine Handflächen auf ihn, ich küsste ihn, ich leckte seine Wunden, aber er entfernte sich mit der tödlichen Gleichgültigkeit von Exkrementen. Ich sprang aufs Bett, um gegen meinen Feind zu kämpfen. Während des schweißgebadeten Handgemenges grub ich in meiner Kehle, ich wollte meine Verzweiflung in die Wände seiner Seele eingravieren; aber der vollständige Besitz, auf den ich so sehr gehofft hatte, war nur

Staub in meinem Mund: Der Höcker erkannte mich nicht mehr.

Von Gott verdammt und hicksend vor Trotz, irrte ich den ganzen Tag im Haus umher. Der große Satan betrank sich neben dem Bett, die Uhr fügte die Trivialitäten ihrer Stimme den Qualen der meinen hinzu, der Buckel keuchte wie eine beleibte Frau, die sich körperlich verausgabt hat. Gegen Abend siegte meine schüchterne und nachtragende Natur: Ich nahm das Messer des Herrn Grafen und griff den Parasiten an, ohne zu überlegen. Mit einem saugenden Geräusch drang die Klinge ein; rot umrandet, immer noch wie ein monströser Blutegel an der Schulter seines Opfers hängend, faszinierte er mich, verursachte mir Schwindel. Ich hatte für ihn eine Vorliebe, wie manche Männer sie für Frauen hegen, die ihre Lasterhaftigkeit nicht kümmert. Ich fühlte mich unwiderstehlich; in meiner Enttäuschung sezierte ich den Saugnapf, war erstaunt über sein im Blutregen majestätisches Aussehen, machte mir aber keinerlei Sorgen über die Folgen meines Handelns. Schließlich gab ich auf. Durchsichtiger Dampf wallte zwischen meinen Augen und der auf dem Bett liegenden Gestalt, ich verlangte nach nichts anderem mehr als nach Schlaf, denn auch mein Körper war nichts mehr weiter als eine Leiche, eine Leiche ohne Stimme, die noch atmete. Ich legte mich in die Lache, in die sich der Teppich verwandelt hatte, und schlief einen schweren Schlaf.

Es war die Polizei, die mich weckte. Der Arzt untersuchte Clara; er durchwühlte ihren armen Bauch mit seinen Pinzetten, ignorierte den geplatzten Buckel, ignorierte auch mich. In den Zeitungen hieß es, meine Geliebte sei an Krebs gestorben; trotz der wenig vorteilhaften Zeugenaussage Satans kümmerte sich niemand um mich; das Haus wurde verkauft, der Buckel begraben.

Seit damals lebe ich friedlich mit meinem Schmerz, meiner endlich gelösten Zunge und dem kleinen Krebs, der unbegreiflicherweise in der Nähe der Leiche gefunden wurde; an manchen Tagen habe ich das Gefühl, dass er mir ähnlichsieht.

Anmerkungen

1 Seccotine: ein 1894 patentierter Fischkleister aus Irland. Der Produktname ist einer der wenigen, der Eingang ins Oxford Dictionary gefunden hat (1933).
2 Peplum: Kleid der Griechinnen in der Antike.
3 Makadam ist eine Bauweise von Straßen, die zu Beginn des 19. Jahrhunderts von dem schottischen Erfinder John Loudon McAdam entwickelt wurde.
4 Ein Kenotaph oder Scheingrab ist ein Ehrenzeichen für einen oder mehrere Tote. Im Gegensatz zum Grab dient es ausschließlich der Erinnerung und enthält keine sterblichen Überreste. Der Begriff wird auch für Scheingräber von Menschen verwendet, die in der Fremde gestorben sind.

Joyce Mansour

war eine jüdische Dichterin mit syrischen Wurzeln. Geboren in England und aufgewachsen in Kairo, schloss sie sich den Surrealisten um André Breton an. »Les Gisants satisfaits« erschien erstmals in Paris 1958. Laut diversen Klappentexten in ihren Gedichtbänden lebte sie lange in Ägypten, wo sie Meisterschaften im Hochsprung und im Laufen gewann, und war sehr kurzsichtig. Derlei Mythen korrigierte sie nie. Fragen nach ihrer Biografie beantwortete sie ebenfalls kaum.

Sabine Marte arbeitet medienübergreifend in den Bereichen Videokunst, Zeichnung, Musik und Performance.

Lisa Spalt ist Autorin, Performerin, Übersetzerin und ständiges Mitglied des Instituts für poetische Alltagsverbesserung.